T. A. Vierich

GABRIELLA HÅKANSSON OPERATION B

GABRIELLA HÅKANSSON

# OPERATION B ROMAN

Aus dem Schwedischen von
Dagmar Mißfeldt

Alexander Fest Verlag

FÜR C.M.E.

»Doch gleichwohl soll ein jeder an seinem Platz wirken, jedes Rädchen in der großen Maschine wird an der Stelle angetrieben, an die es gesetzt worden ist.«
*Sarcena, Stockholm 1820*

HOTEL LIBRA 7

TETRACHLORKOHLENSTOFF 57

UNSER MANN IN LISSABON 123

# HOTEL LIBRA

BRÜSSEL, 15. FEBRUAR 1997

Ich denke über meine Worte nach. Ich habe dem Schicksal oder dem Zufall nie viel Beachtung geschenkt, sondern mich stets an die Gesetze und Vorschriften gehalten, die von der Wissenschaft vorgegeben sind. Alles, was passiert ist, werde ich berichten, aber ich muß verhindern, daß es so aussieht, als handle es sich um eine Aneinanderreihung zufälliger Ereignisse. Die Wahrheit ist, daß jedes noch so kleine Detail in dem ursprünglichen Plan seinen festen Platz besitzt.

Meine Geschichte steckt voller Widersprüche. Sie enthält genausoviel Unvorhergesehenes wie Abweichungen von der Norm. Niemand kann ihren Wahrheitsgehalt bezeugen, und jeder könnte die ganze Sache als ein Produkt überspannter Phantasie oder ein Anzeichen nervöser Schizophrenie abtun. Doch glauben Sie mir, wenn ich Ihnen sage, daß alles – vom Anfang bis zum Ende – eng miteinander verbunden ist und zu einem von strengsten Gesetzen diktierten System gehört, ja daß die Zufälligkeit und Normalität des Gegenstands nur der Schein sind, hinter dem sich seine Essenz beharrlich versteckt. Das Problem besteht nicht darin, die Fallen zu durchschauen. Es geht vielmehr darum, in dem Plan seinen vorgeschriebenen Platz zu finden. Ein einziger Fehler, und das Spiel ist aus.

Viele Menschen würden es ein tragisches Unglück und ein großes Mißgeschick nennen, daß Vincents Körper unter dem Küchentisch liegt und langsam erkaltet, anstatt die Laken unseres gemeinsamen Bettes zu wärmen. Ein Verhältnis kann aber auf viele Arten und Weisen enden, und der Tod ist vermutlich nicht immer der schlechteste Ausgang. In unserem Fall war er die bessere Lösung. Obwohl unsere Trennung etwas abrupt inszeniert war, so daß wir uns nicht einmal mehr »Lebewohl« sagen konnten, bin ich davon überzeugt, daß sich die Angelegenheit in einem annehmbaren Rahmen bewegt.

Ich bin mir sicher, daß sein schnelles Ableben nicht ins Protokoll aufgenommen werden wird. Das ist es auch gar nicht, was mir Sorgen bereitet. Was mich momentan beunruhigt, ist meine Studie. Diese langwierige Untersuchung, die mehrere tausend Bogen Papier in abgewetzten Aktenordnern umfaßt und mich jeden Morgen zwingt, mir wieder und wieder die Frage zu stellen, ob mein Werk vollendet ist oder nicht. Das Fehlen einer Antwort treibt mich dazu, mir die Fingernägel bis aufs Nagelbett herunterzukauen und mich zitternd vor dem zu fürchten, was kommt.

Bei dem Gedanken an meine Untersuchung fällt mir mein Vater ein. Mein Vater hielt sich für einen der bedeutendsten Wissenschaftler seiner Zeit, und er widmete sein Leben dem Studium von Uhren und weniger bekannter Instrumente zur Zeitmessung. Er sprach nur ungern über das Ziel und den Zweck seiner Abhandlungen, ließ aber keine Gelegenheit aus, um mit Nachdruck darauf hinzuweisen, daß eine Arbeit keinen Wert habe, solange sie nicht ganz abgeschlossen sei. Als Kind erschien mir diese Fixierung auf den Zeitpunkt der Fertigstellung ein wenig überspannt. Meine eigenen Erfahrungen in puncto Beschäftigung beschränkten sich auf zwei Kategorien: auf die lustigen und auf die unerträglich langweiligen. Sich freiwillig mit langweiligen Angelegenheiten zu befassen kam mir damals ebenso absurd vor wie das Verlangen danach, lustige Dinge abzuschließen. »Warum hast du es so eilig, fertig zu werden?« fragte ich manchmal, wenn das Kratzen mit dem Gänsekiel den baldigen Abschluß einer Arbeit ankündigte. »Zu wissen, wann es an der Zeit ist Schluß zu machen, ist die größte Herausforderung an einen Wissenschaftler«, antwortete mein Vater dann. Der tiefere Sinn dieser Worte wurde mir erst viel später klar. Mein Vater selbst schien seine eigene Kunst nicht ausreichend zu beherrschen, denn seine rätselhafte Studie zog sich in die Länge. Über die letzten Korrekturseiten gebeugt, ganz darauf bedacht, seine Studie abzuschließen, auch wenn es das letzte wäre, was er täte, starb er mit der Feder in der Hand.

Vor einigen Tagen entschied ich, meine Studie als vollendet zu betrachten, schon allein, um nicht in die gleiche mißliche Lage zu geraten wie mein Vater. Ich bin jetzt eine alte Frau und nicht mehr imstande, etwas Neues anzufangen. Zugegeben, der Gedanke, mit meiner Arbeit keinen Erfolg zu haben, lähmt mich. Das Risiko, mit einem Vorhaben zu scheitern und aus der Bahn geworfen zu werden, besteht in jedem Moment. Deshalb sind die Worte meines Vaters Gold wert. Der Augenblick ist gekommen, an dem man erkennen muß, daß es Zeit ist, Schluß zu machen, Zeit, die Sache aufzustecken. Als mir allmählich klar wurde, daß meine Nachforschungen kurz davor standen, den vorgegebenen Rahmen zu sprengen, beschloß ich, das Projekt abzubrechen und dem Ganzen ein Ende zu machen.

»Jetzt ist es aber genug«, sagte ich zu Vincent, der natürlich nicht das geringste begriff, sondern glaubte, es ginge um die Einschränkung seiner extremen Naschgewohnheiten. Er schien nicht geahnt zu haben, was für eine Enttäuschung er im Laufe der letzten fünfzehn Jahre für mich gewesen ist, genausowenig spürte er offensichtlich meinen Ekel über seine perversen Gewohnheiten und seinen degenerierten Lebenswandel. Ich empfand die gleiche Enttäuschung wie ein Zoologe, der entdeckt, daß sein Versuchstier ein mißgebildeter Hybride ist, oder wie ein Hundeliebhaber, der einen hohen Preis für einen reinrassigen Pudel bezahlt hat, um dann bei näherer Betrachtung feststellen zu müssen, daß es sich um einen inzuchtgeschädigten Dackel handelt. Ein Experte hätte eventuell von Anfang an darauf hingewiesen, daß Vincent ein ungeeignetes Studienobjekt sei, aber das ist nicht richtig. Früher benahm er sich vorbildlich, war liebevoll und zärtlich. Er achtete auf seine Gesundheit und lebte wie ein normaler Mann. Die Veränderung machte sich nur langsam bemerkbar, und erst in letzter Zeit stand ihm die Katastrophe ins Gesicht geschrieben.

Vielleicht kann ich mit meiner Geschichte die Expertenkommission von meinen guten Vorsätzen und dem Fleiß überzeugen, den ich in das Vorhaben investiert habe, auch wenn das Resultat in keinster Weise meinen Bemühungen entspricht. Ich gebe zu, ich bin nervös. Ich habe Angst, nicht zu bestehen, und bin zu alt, um eine neue Untersuchung zu beginnen. Doch letztlich sind wir alle dem Urteil der Expertenkommission ausgeliefert. Lassen Sie mich bitte meine Geschichte mit der Genauigkeit und der Fülle an Details vorbringen, die charakteristisch für eine betagte Empirikerin sind. Lassen Sie mich ohne Unterbrechungen erzählen – diejenigen, die später Urteile fällen, werden abschließend ausreichend Gelegenheit haben, sich zu Wort zu melden.

Als ich zum erstenmal nach Brüssel kam – irgendwann Mitte der sechziger Jahre –, war ich eine glückliche und ausgeglichene junge Frau. Die Zukunft lag vor mir, und insgeheim hegte ich den Plan, Karriere zu machen. Mein Vater hatte aus Mangel an Zeit und Interesse einem angeheirateten Verwandten und pensionierten Lehrer meine Erziehung überlassen. Dieser ältliche Ästhet, der mit deutschem Akzent sprach, war der Ansicht, Tonleitern seien das Beste, womit sich eine junge Pianistin beschäftigen könne. Während ich also auf unserem Klavier Tonleitern übte, weihte er mich in alle Mysterien und Trivialitäten des Lebens ein. Es fielen Sätze wie »Vergiß nie, den Alten Respekt zu erweisen!« oder »Entscheide dich, welchen Weg du einschlagen willst, und weiche nicht einen Zoll davon ab!« »Benimm dich unauffällig!« war einer seiner anderen Grundsätze, den er mir ständig predigte. »Denn wer sich unauffällig benimmt, kann auch nicht angeklagt werden.« Ich hatte vieles zu lernen, und immer wieder fragte der alte Mann mich nach meiner zukünftigen Beschäftigung. Nicht ohne Boshaftigkeit wies er mich darauf hin, daß der Beruf einer Naturwissenschaftlerin für mich nicht in Frage komme. Meine Familie war einfacher Herkunft und hatte seit Generationen im Handwerk gearbeitet. Er selbst zählte Chemiker und Mathematiker zu seinen Vorfahren und betrachtete insgeheim seine Heirat mit der Schwester meiner Mutter als gesellschaftlichen Abstieg. Die Tätigkeit eines Archivars schien ihm die passende Arbeit für mich zu sein. Eine solche Stellung besaß Vorteile. Nicht, daß ich sonderlich viel gegen das Archivieren einzuwenden gehabt hätte, denn mir sagte dieser Beruf nichts, weil niemand in der Familie und im näheren Umkreis jemals als Archivar gearbeitet hatte. Es kam mir allerdings trostlos vor, zeit meines Lebens in einem Büro eingesperrt zu sein. Darüber hinaus rebellierte etwas in mir gegen die Bedeutungslosigkeit jedweder Art von Büro- und Assessorentätigkeit. Ich wollte höher hinaus, ich wollte der Nachwelt etwas hinterlassen – etwas, worüber man sich mit anderen Termini als Zahlen und Kolumnen äußerte. Außerdem war ich mir nicht sicher, ob die Organisation mir tatsächlich gestatten würde, in eine andere Zunft überzuwechseln. Jedem Mitglied werden am Tag seiner Geburt sein bestimmter Platz und seine bestimmte Profession zugewiesen. Die Vorschriften sind bekanntlich streng, und Überschreitungen werden geahndet. Ich hatte mich der Tradition zu beugen und mußte meine Wahl zwischen den empirischen Fachbereichen treffen, denen zuvor bereits mein Vater und mein Großvater ihr Leben geweiht hatten.

Während meiner Kindheit und Jugend kannte ich kaum Steckenpferde, Hobbys waren mir nie erlaubt gewesen. Nun sollte ich mich plötzlich entscheiden und ein Fach auswählen. Wo lag mein Interesse? Wie sollte meine Arbeit aussehen? Und konnte sie vor den Experten bestehen? Es gilt als allgemein akzeptierte Tatsache, daß Frauen die besten Leistungen in Bereichen erzielen, die mit Haushalt oder Garten zu tun haben. Meine Mutter hatte im Laufe mehrerer Jahre an einer Studie über flämische Gobelins gearbeitet, und eine meiner Tanten hatte große Anerkennung mit einer Untersuchung über Hefepilze gefunden. Mich interessierte der Haushalt jedoch ebensowenig wie die Welt außerhalb der eigenen vier Wände, und die Frage der Studienwahl begann allmählich die Form eines Problems anzunehmen. Meine Familie hatte mich lange von der Außenwelt ferngehalten und nicht zugelassen, daß ich Freundschaften mit Gleichaltrigen schloß. Hätten sie es erlaubt, wäre meine Sorge über das Unvermögen, ein Fach zu wählen, erheblich größer gewesen. So blieben mir die Repressalien beziehungsweise die Maßnahmen, die diejenigen erwartet, die ihre Entscheidung allzu lange aufschieben, vorläufig noch unbekannt.

In dieser Situation kam ich, im Alter von zwanzig Jahren, zum erstenmal nach Brüssel. Alle warteten ungeduldig darauf, daß ich verkündete, welches Fach ich zu studieren gedächte. Ich hatte den Schlüssel zu einem Gepäckschließfach am Hauptbahnhof bekommen, und einige Worte auf einem Blatt Papier hätten das Problem gelöst. Aber ich konnte mich zu keinem Entschluß durchringen. Ich wußte genau, daß mir die Zeit davonlief, und konnte mich trotzdem nicht zusammenreißen.

Vor meiner Ankunft hatte man im Zentrum der Stadt eine Wohnung für mich einrichten lassen. In einem Viertel, das weder arm noch reich war. Der Häuserblock lag zwischen Einkaufsstraßen, er war so unscheinbar, daß sich nur wenige Besucher dorthin verirrten. Meine Wohnung war weder eng noch geräumig, weder häßlich noch schön. An der Haustür hatte jemand, wie an allen anderen Türen auch, ein mattglänzendes Kupferschild angebracht, auf dem mein neuer Name stand. Auch der Name hatte einen nüchternen Klang, er fügte sich vollkommen in die Reihe der nachbarlichen Allerweltsnamen. Ich zog in diese saubere und unauffällige Wohnung, voller Vertrauen in die Zukunft; ich war mir sicher, daß ich früh genug etwas finden würde, was mein Interesse wecken könnte. Doch die Wochen verstrichen ohne jede Veränderung, und langsam bekam ich Angst. Ein Informant, der mich vor meiner Abreise kontaktiert hatte, hatte mir eine Liste der verbotenen Fächer zukommen lassen. Ich las alle darauf genannten Bücher aufmerksam durch, in der Hoffnung, daß sie mich auf andere Gedanken bringen würden: Dr. Zeno Müllers Verzeichnis der amerikanischen Halbflügler, Oremus' Buch über die unregelmäßigen Eröffnungen des Schachspiels, »Das Abc des Philatelisten«, »Die Rezeptur der Karthäuser zur Likörherstellung«, »Der kleine

Hirschkäfer für Anfänger« und vieles, vieles mehr. Natürlich wurde mir anhand der Liste schnell klar, wie unsinnig es war, seine Fähigkeiten mit verbotenen Fächern wie Schach oder Philologie zu verschwenden, doch das Problematische war, daß die Liste genausowenig meine Neugier auf andere Gebiete weckte. Ich fand die Chirurgie und die Nautik so langweilig wie die verbotene Entomologie, und es erschien mir gleichermaßen uninteressant, sich der Städteplanung wie dem Bau von Flaschenschiffen zuzuwenden. Ich wußte, daß man es beim Studium von Philosophie und Mathematik mit Urkundenfälschung zu tun haben würde, in dunklen staubigen Arbeitsräumen auf dem Lande. Kartographie und Dendrologie waren ebenfalls an die Peripherie verlegt worden, und da ich in einer abgeschiedenen Kate aufgewachsen war, wußte ich zumindest, daß die Wahl zugunsten der Stadt ausfallen würde, mit all ihren Labyrinthen.

Monate verstrichen, die Ungewißheit blieb, und meine Frist lief ab. Immer öfter saß ich niedergeschlagen hinter den Küchengardinen und beobachtete das Treiben auf der Straße vor meinem Haus. Die vorübergehenden Fußgänger warfen ab und zu einen Blick an der Fassade empor und stellten sich vermutlich vor, daß sich hier, hinter diesen Gardinen, eine Hausfrau verbarg, die aus Langeweile ihre Begonien begießt – bis sie den Gestank des abgestandenen Wassers bemerkt und das Abendessen für ihren Mann zubereitet. Möglicherweise irrte ich mich, und die Passanten sahen überhaupt nichts. Gelangweilt und an den Anblick der schmucklosen Gebäude mit ihren beigefarbenen Fassaden gewöhnt, nahmen sie ihre Umgebung wohl gar nicht mehr wahr. Die Häuser, an denen sie so teilnahmslos und gleichmütig vorüberspazierten, existieren nur als Kulissen. Vielleicht hat sie einer meiner Mitverschworenen gebaut, vielleicht waren die Nachbarn meine Verbündeten? Was gab es sonst für einen Grund dafür, daß hier alles so nichtssagend war, jeder Teil allen anderen so verwirrend ähnlich?

Abends, wenn es dämmert und sich alles im Dunkel auflöst, ist mein Weg nach Hause kaum zu finden. Um meine Tür zu kennzeichnen, habe ich direkt neben der Treppe eine leere Süßigkeitentüte deponiert. Man hat sie liegenlassen, möglicherweise haben auch andere Mieter Schwierigkeiten, ihre Wohnung zu finden.

Mein Problem, mich in diesem Viertel zu orientieren, hing mit meinem Unvermögen zusammen, eine Leidenschaft zu entwickeln, die man den strengen Regeln der Empirie unterwerfen könnte. Mitunter befiel mich lähmende Angst, und ich wußte immer weniger eine Antwort. Vielleicht war der Beruf einer Archivarin doch richtig für mich? Doch ich fürchtete mich davor, noch einmal fortgeschickt zu werden – womöglich an einen unbekannten Ort in einem noch unbekannteren Land. Von dem, was ich über Archive gehört hatte, erinnerte ich mich lediglich daran, daß sie in verlassenen Hafenstädten liegen, weit entfernt von Zivilisation und Anstand – und diese Vorstellung gefiel mir ganz und gar nicht. Widerwillig wog ich erneut alle geeigneten Fächer ab, aber je mehr ich mich um eine Entscheidung bemühte, desto weniger war ich an allem interessiert. Topologie, Jura, Emblematik, Astronomie und Elektronik, sie alle hatten den gleichen belanglosen Klang in meinen Ohren. Außerdem war ich für keine der Disziplinen qualifiziert. Mir blieb das Studium von Uhrwerken und altertümlichen Stundengläsern, wobei man vermutlich von mir erwartete, daß ich mich für den Bereich Ernährungslehre oder Hygiene entschied. Die Regeln waren zwar unausgesprochen, aber unerschütterlich wie ein Gebirgszug. Damals hatte ich nur eine vage

Vorstellung von ihrem Inhalt, doch mit der Zeit sollten sie sich zu klaren Vorschriften herausbilden, die mir ständig vor Augen schwebten und das Dasein zu einem Netz aus Richtlinien und Verhaltensmaßregeln reduzierten. Lesen half demzufolge nichts. Man erwartete, daß ich mir einen Beruf auswählte, und ich konnte mit nichts aufwarten als mit der Gleichgültigkeit gegenüber der Welt und ihren Mysterien. Ich fühlte mich eingemauert, in einem Vakuum, und wollte allem aus dem Weg gehen, Verzicht üben und mich voller Selbstmitleid in meinen eigenen Widerwillen hüllen. Abend für Abend saß ich hinter meinen Gardinen und tat, als ob ich nicht existierte. Nicht einmal die Nachbarin erkannte mich. Als sie mich auf der Treppe traf, starrte sie mich unverhohlen an, ohne zu grüßen. Vielleicht lag es auch daran, daß sie sich nicht an meinen Namen erinnern konnte, der unscheinbar und geläufig war.

Diese Zeit der Ungewißheit dauerte länger als ein halbes Jahr. Noch hatte man keinen Druck auf mich ausgeübt. Plötzlich – und ganz unerwartet – fand ich einen Bereich für meine empirischen Studien. Offenbar ließ ich aus Angst vor Leere und Einsamkeit meine Zweifel außer acht und traf endlich eine Entscheidung. Leere – ein großes Wort. Vielleicht zu groß, um in dieser Geschichte ausreichend gewürdigt zu werden, und dennoch ist es nicht richtig, Entschuldigungen für eine schlechte Wortwahl, für einen hochtrabenden Gedankenflug zu suchen. Wenn Wahlmöglichkeiten und zukünftige Berufe zur Sprache kommen, gibt es keine Worte, die zu groß, zu feierlich oder zu ausschweifend sind.

Mich beschlich damals das Gefühl, dem Abgrund nahe zu sein, und nächtelang lag ich wach und wälzte mich im Bett herum, voller Sorgen über die Entscheidung, die man von mir erwartete. Meine Lage erschien mir grausam, und das einzige, was unbarmherzig auf mein Bewußtsein einhämmerte, war die Zeit, die mir davonlief und deren Gegenwart sich in Uhren und Kalendern manifestierte. Ironischerweise habe ich es gerade dieser Peinigerin zu verdanken, daß ich zu guter Letzt doch einen Entschluß traf. An einem jener qualvollen Abende, als die Angst mich zu unvorsichtigen nächtlichen Spaziergängen trieb, fragte mich ein junger Mann: »Wie spät ist es?«

Er fragte mich mit einem Akzent, der verriet, daß auch er in diesem Land nicht zu Hause war. Wir kannten uns nicht, ich hatte sein Gesicht nie zuvor gesehen. Intuitiv muß ihm sein Affront bewußt gewesen sein, mitten in der Nacht eine junge Frau auf offener Straße anzusprechen – wohl deshalb hatte er die Frage so kurz wie möglich formuliert. Ich antwortete ihm, ebenso kurz. Daraufhin verschwand er eilig in einer der Gassen des Viertels. Mehr geschah nicht. Trotzdem hatte ich sofort das seltsame Gefühl, jemandem sehr nah gekommen zu sein – ein Empfinden von Intimität und Erotik. Das Erlebnis berührte mich zutiefst, und einige Tage später ertappte ich mich dabei, wie ich nachts die Straße auf und ab wanderte, in der Hoffnung, der junge Mann würde nochmals auftauchen. Die Sehnsucht, meine Zufallsbegegnung zu wiederholen und möglichst zu verlängern, wurde schließlich dermaßen stark, daß sie alle anderen Gedanken verdrängte. Ich war nicht mehr in der Lage, mich zu konzentrieren. Wie ein rastloser Geist ging ich in meiner Wohnung umher und versuchte, mir seine Gesichtszüge ins Gedächtnis zu rufen. Woher kam er? Wer war er? Unwillkürlich wurden meine Reflexionen über diesen einen Mann bald zu Reflexionen über das gesamte männliche Geschlecht. Mir fiel auf, daß ich die Männer in meiner Umgebung bisher mit Distanz betrachtet hatte, daß ich nie versucht hatte, sie näher kennenzulernen. Die Neugier auf meinen unbekannten Nachtwanderer wuchs in dem Maße, in dem meine Lust immer größer und dominanter wurde, und je mehr Aufmerksamkeit meine Gefühle verlangten, desto klarer formte sich eine Idee in mir. Der Gedanke, ihn zu besitzen, ihn meiner Welt, meinem Körper, meiner Arbeit einzuverleiben, ließ mir keine Ruhe mehr. Ich glaubte die Kontrolle über mich zu verlieren, als sei mein Begehren das Produkt einer höheren Macht, der ich ergeben und demütig zu folgen hatte. Er war mein Schicksal, meine Bestimmung, und in dem Augenblick, in dem ich meine Lage erkannte, wußte ich, daß ich ein Thema für meine Studie gefunden hatte.

Die Formalitäten, über die ich mir so viele Sorgen gemacht hatte, wurden schnell erledigt. Niemand tadelte mich, weil ich so lange gebraucht hatte, und nachdem ich meinen Briefumschlag im Gepäckschließfach am Hauptbahnhof hinterlegt hatte, traf einer der Repräsentanten aus der Dokumentenabteilung ein und händigte mir das Material für meine zukünftige Akte aus. Ich gestand dem Überbringer beschämt, daß ich nicht einmal den Namen meines Erwählten kennen würde. Er erklärte mir lächelnd, daß man auf Namen kein großes Gewicht lege. Wir lachten und trennten uns dann mit einem Handschlag, der freundlich und vertraulich war.

Darauf folgte eine Periode, in der ich wieder verborgen hinter meinen Küchengardinen saß, doch mit einem anderen Glanz auf den Wangen und in gespannter, freudiger Erwartung. Ich mußte nicht lange ausharren. Nur kurze Zeit später ging mein Erwählter ein paar Meter von meinem Haus entfernt die Straße entlang. Er schlenderte gemächlich daher und schien ein wenig unsicher, welchen Weg er nehmen soll. Als er verstohlene, suchende Blicke nach oben warf, versteckte ich mich schnell unter dem Fenster, voller Angst, seinem Blick ungeschützt zu begegnen. Nachdem ich allen Mut zusammengenommen hatte, um wieder hinauszuschauen, war er verschwunden. Doch nur für den Bruchteil einer Sekunde. Zunächst war da dieselbe graue Menschenmenge wie immer und dann – als hätte ein chemischer Prozeß auf der Netzhaut, stimuliert durch die zukünftigen Pläne, meinen Blick geschärft – erspähte ich die Gestalt, die sich mit fast schmerzhafter Klarheit von der Menge abhob. Er war ein Unikat. Er hatte etwas, was allen anderen fehlte, was sublim und schwer zu fassen war und dennoch so deutlich hervortrat. Was aber war sein Geheimnis? Was machte ihn so interessant, und was bewirkte, daß er plötzlich ein unentbehrlicher Bestandteil meines Lebens war? Lag es daran, daß ich ihn innerhalb kurzer Zeit wiedergesehen hatte, oder war er mir vertraut, weil er nicht zu den anderen gehörte? Ich suchte nicht nach einer Antwort auf diese Fragen, sondern ließ mich ganz und gar von meinen Gefühlen beherrschen, bis es an meiner Verliebtheit keinen Zweifel mehr gab und ich mir nur noch meinen Mantel anziehen und mich auf die Verfolgungsjagd begeben mußte.

Meine Suche führte mich durch Kaffeehäuser, Kinos und schummrige Kneipen, in denen magere Frauen grüne Destillate servierten. Ich ging in Bars, Kabaretts, Diskotheken und Theater. Ich folgte ihm so dicht und beharrlich, als wäre ich sein Schatten. Nachts, wenn alle Lokale geschlossen waren, wachte ich hinter der Gardine in der Hoffnung, einen flüchtigen Blick auf seine Gestalt werfen zu können, wenn er seine Wanderungen begann. Nachmittags verbrachte ich unzählige Stunden in den Bibliotheken und Vorlesungen an der Universität, und gegen Abend saß ich in demselben Gasthaus wie er.

Wenn man die erste Phase meiner Studie als Verliebtheit bezeichnen will, gingen die anfänglichen Gefühle bald in Begierde über. Ich begnügte mich nicht mehr damit, ihn als sein Schatten zu verfolgen, sondern begann, bei den öffentlichen Behörden Informationen einzuholen. Zu meiner großen Freude stellte sich heraus, daß mein Auserwählter schüchtern und zurückhaltend war; er hatte in den Annalen nur wenige, nahezu unsichtbare Spuren hinterlassen.

Einige Monate später, im März und kurz vor meinem 23. Geburtstag, hatte ich sämtliche Vorstudien abgeschlossen und war bereit für den nächsten Schritt. Ich nahm mein schönstes Kleid aus dem Wandschrank, wusch mir die Haare mit Zitronenwasser und ging in ein Café, das er für gewöhnlich jeden Freitagabend besuchte. Ich wußte, daß auch ihn Lust und Begehren trieben. Ständig suchte er in diesem Lokal Kontakt zu den attraktivsten Mädchen. Sie alle ahnten, daß sie über das Laudanum verfügten, nach dem sein junger Körper schrie, doch keine von ihnen gab seinem Verlangen jemals nach. Begierde ist das Streben danach, was als Gegenleistung zu erwarten ist. Und in Lokalen wie diesem wird jeder Mann nach seinem Einkommen beurteilt. Natürlich wurde Vincent für zu leicht befunden. Er war zwar jung und schön, doch seine Taschen waren leer. Ich mußte nur warten, bis ich an der Reihe war.

Drei Tage nach meinem Cafébesuch war er in sämtliche Fallen getappt und brannte darauf, in meine Wohnung einzuziehen. Am Abend des vierten Tages packten wir seine Habseligkeiten in kleine Koffer, und noch bevor die Sonne untergegangen war, notierte ich auf der ersten Seite des neuen Aktenordners, daß mein Plan funktionierte.

Dieser Mann, mein Auserwählter, mein Studienobjekt, mein Vincent, der nun mit mir lebte, aß und schlief, erwies sich als Musterphantasie jedes Empirikers. Keine dreißig Jahre alt und bereits zerstreut wie ein Professor, war er vollkommen außerstande, die geringste Abweichung im Leben zu bemerken. Um ihn zu studieren, bedurfte es keiner Diskretion. Ihm fiel ohnehin nichts auf. Sein Leben drehte sich um die Arbeit, die Arbeit drehte sich um obskure logische Probleme, die unmöglich jemand anderem als einem Fachmann erklärt werden konnten. Er war ein Logiker und nur wenig an weltlichen Dingen interessiert. Jeden Tag zehn Minuten vor acht Uhr ging er zur Universität, und um Viertel nach fünf Uhr kam er nach Hause. Er war so pünktlich wie die Uhr von St. Gudule und ebenso unzeitgemäß.

Er fragte mich in der gesamten Zeit unseres Zusammenlebens nicht ein einziges Mal, was ich tagsüber machte, ob ich Freunde oder Verwandte besuchte, in einem Verein oder der Kirche aktiv sei, Hobbys nachginge oder Romane läse. Dies alles schien für ihn selbstverständlich zu sein. Als läsen Frauen von Natur aus Romane oder engagierten sich in der Kirche. Als gebe es für Frauen sinnvolle Beschäftigungen genug, mit denen sie ihre Tage ausfüllen könnten. Genausowenig fragte er mich jemals, warum ich keine Kinder zur Welt bringen wolle. Unmittelbar bevor wir zum ersten Mal miteinander schliefen, hatte ich mit Nachdruck und wenigen Worten erklärt, daß es in meinem Leben keinen Platz für Kinder gebe. Vincent hatte mit demselben gleichgültigen Gesichtsausdruck wie immer genickt, ein Kondom hervorgeholt und mir zu verstehen gegeben, daß sich dadurch zwischen uns nichts ändere. Vermutlich betrachtete er meine Aussage als eine Laune der weiblichen Natur und nahm an, daß sich mit der Zeit gewiß alles dank eines biologischen Prinzips einrenken werde. Oder auch er wollte keine Kinder, wie seltsam einem das auch vorkommen mag.

Er stellte niemals Fragen zu meinem Privatleben. Vielleicht beruhigte ihn der Anschein von Normalität, der alles um mich herum prägte: das Viertel mit seinen unauffälligen Fassaden, die Wohnung, die Möbel, das kleine Kupferschild an der Tür mit einem derart gewöhnlichen Namen, daß sich nie jemand an ihn erinnern konnte. Gelegentlich kam es vor, daß sogar er meinen Namen vergaß und mich statt dessen Gertie nannte. Das war der Name seiner Mutter.

Mich wunderte, warum ihm nie in den Sinn kam, daß nichts von meiner Umgebung mit mir zu tun hatte – weder mein Name noch die Wohnung mit den Möbeln. Selbst meine Kleider sind in einem klassischen Schnitt gehalten, um zu keiner Zeit Aufsehen zu erregen. Sie wurden von ausgebildeten Repräsentanten für mich ausgewählt, und mein Wandschrank ist mit knielangen Röcken, weißen Blusen, Jeans, flachen Schuhen und Windjacken bestückt. Das einzige, was ich persönlich zur Wohnungseinrichtung beigesteuert habe, ist die Dekoration des Küchenfensters. Dem Vorbild meiner Nachbarin folgend, kaufte ich jeden Monat eine große rote Begonie in einem glänzend weißen Porzellanübertopf und stellte sie genau in die Mitte des schmucklosen Fensterbretts. Die Topfpflanze war Ziergegenstand und Sichtschutz vor dem Privaten, das sich hinter der Fassade, hinter den hellen Holztüren mit den mattpolierten Messingschildern, hinter den staubgrauen Baumwollgardinen abspielte – in den Räumen, die wir der Außenwelt nicht zeigen, aus Angst oder Trotz, und in denen andere Gesetze herrschen; in den Räumen, die unsere niedrigeren Instinkte beherbergen.

In meinem Fall ging es nicht darum, einen im Rausch gewalttätigen Ehemann oder die erotischen Ausschweifungen einer verklemmten Hausfrau zu verbergen. Ich mußte das Arbeitszimmer meiner empirischen Forschungen tarnen. Die Küche war mein Studienraum, und Vincent, der glaubte, er verstünde das Wesen der Frauen, setzte keinen Fuß in mein Reich, solange die Tür geschlossen war. Und das war sie meistens. Mit der Zeit wurde die ganze Küche zu meinem streng bewachten Revier, das niemand betreten durfte und wo im Schutze geheimer Schranktüren und Schubladen ein imponierender Satz elektronischer Geräte versteckt war. Hier bewahrte ich auch meine wenigen privaten Gegenstände auf. Stifte, ein Notizbuch, einen Revolver und den bereits genannten Aktenordner, in dem ich alle Studienergebnisse abheftete. Vincent wußte nichts von der Existenz dieser Dinge. Wenn er nur einmal meinen abgenutzten Bleistift gesehen hätte, dessen Ende ebenso zerkaut war wie jeder meiner Fingernägel und den ich Morgen für Morgen mit einem stumpfen Küchenmesser anspitzte, dann hätte er sofort Verdacht geschöpft. Niemand – nicht einmal Vincent – hätte Zweifel daran gehabt, daß dieser Bleistift einer anderen Ordnung, einer anderen Welt entstammt, weit entfernt von sandfarbenen Möbeln und unauffällig eleganten Kleidern. Nun war Vincent bekanntlich zerstreut und ausgesprochen gleichgültig seiner Umwelt gegenüber, das mag der Grund für die ungeheure Naivität gewesen sein, mit der er die Realität so oft verkannte. Gerade diese weltentrückten Eigenschaften machten ihn von Anfang an zu einem perfekten Studienobjekt.

Und ich selbst? Mir wurde schnell klar, daß ich mit dem heiklen Problem konfrontiert war, selbst Bestandteil meiner grandiosen Studie zu sein. Das Beste schien deshalb, sich Vincent gegenüber genauso zu verhalten wie die Uhr zur Zeit, wie ein lebloses, aber exaktes Meßinstrument, unfähig zur Beschleunigung, zur Verzögerung oder zu einer anderen Form der Einflußnahme – nur vorhanden, um zu registrieren. Ich hielt es folglich für die richtige Lösung, ebenso wie das sandfarbene Sofa in unserem Wohnzimmer mit der Umgebung zu verschmelzen. So glaubte ich Vincent ausreichend Raum zu lassen, um sich zu entwickeln, und dabei wollte ich ihm zusehen. Auch rein wissenschaftlich war es nötig, daß ich mich zwar im Untersuchungsmilieu unauffällig bewegte, aber trotzdem dafür sorgte, daß das Gleichgewicht nicht gestört wurde und die Atmosphäre von häuslicher Gemütlichkeit, ja familiärer Geborgenheit nicht ins Wanken geriet.

Also erledigte ich die Einkäufe, kochte, putzte und kümmerte mich darum, daß unser Heim so sauber und durchschnittlich blieb wie zum Zeitpunkt meines Einzugs. Tagsüber, wenn Vincent bei der Arbeit war, notierte ich peinlich genau meine Ergebnisse vom vorangegangenen Tag: Gewohnheiten, Eigenarten, alltägliche Begebenheiten, Verhaltensmuster in Konflikten und die Dauer der Konzentrationsfähigkeit. Anfangs versuchte ich, so viele unterschiedliche Bereiche wie möglich zu beobachten, und manchmal arrangierte ich bestimmte Situationen, um Vincents Reaktionen zu testen. Einmal kaufte ich zum Beispiel je eine Tüte finnische Geleekugeln und Lakritzfische. Beide Sorten gehörten zu Vincents Lieblingsnaschereien, und als die Schalen auf dem Tisch standen, konnte er sich – ganz wie erwartet – nicht entschließen, mit welcher Sorte er beginnen sollte. Nach langer Qual der Wahl entschied er sich, eins von jeder Sorte zu nehmen, und steckte dann beide zugleich in den Mund. Andere Experimente, die ich durchführte, testeten Reaktionsvermögen, Potenz, Sauerstoffverbrauch, Verdauung oder Temperaturverträglichkeit. Letztere untersuchte ich, indem ich die Raumtemperatur erhöhte oder senkte und die Auswirkung auf Vincents Laune, Vitalität und Rüstigkeit beobachtete. Oft erzielte ich unerwartete Resultate, die ich begeistert zu den Akten nahm. Mit leuchtenden Augen sah ich nach ein paar Jahren, wie meine Studie sich allmählich entwickelte und zu einem wahren Kunstwerk wurde. Vincent war ein Musterbeispiel für empirische Studien. Ich konnte mich nur selbst beglückwünschen, ein dermaßen perfektes Studienobjekt gefunden zu haben.

Nach einigen Jahren, als wir beide über dreißig waren, hörte ich in dem gleichen Maße auf, mit den Studienergebnissen zufrieden zu sein, wie Vincent aufhörte, mich zu faszinieren. Die Resultate der Untersuchungen glichen sich zunehmend, mit jedem Tag, der verging, wurden sie ähnlicher, und vermutlich lag der Grund dafür in der Routine und Banalität, die unser Leben auszeichneten. Nachmittags, wenn Vincent nach Hause kam, kochte ich und las ihm die Post vor. Beim Abendessen unterhielten wir uns über seinen Tag: welche Krawatten Vincents Kollegen getragen hatten, welche Gerichte in der Universitätsmensa angeboten wurden, welcher Stimmung der Professor gewesen war. Danach, beim Kaffee, tauschten wir uns über anregendere Dinge aus, später beim Fernsehen warfen wir einander nur noch den einen oder anderen Kommentar zu, außer beim Sport, da mußte absolutes Schweigen herrschen. Wir schliefen immer seltener miteinander, und Sonnabend nachmittags gingen wir wie die anderen Paare hinunter zur Grand' Place und schauten den Straßenmusikanten zu. Ich weiß, daß wir ein ganz normales Leben führten. In Vincents Gesicht las ich Genügsamkeit, in seiner Gewichtszunahme Wohlbefinden. Nach meinem Urteil fehlte es ihm an nichts, und ich hörte ihn auch nie klagen.

Lange glaubte ich, daß unser Leben so weitergehen

würde, in geruhsamen Bahnen und ohne einschneidende Veränderungen. Die Jahre zogen dahin, wir ließen die Jugend hinter uns und gehörten nun zu den Menschen mittleren Alters. Meine Studie nahm viel Zeit in Anspruch, genau wie die Wartung der technischen Geräte, die ich angeschafft hatte, um Vincents Proteindichte, seinen Cholesterinspiegel, seine Blutwerte zu messen und darüber hinaus noch etliche andere Messungen durchzuführen. Die Küche war übersät mit Meßaggregaten, Destilliervorrichtungen, Stethoskopen, fleckigem Filterpapier und verstreut herumliegenden Computerdiagrammen. Als ich mich nach fünfzehn Jahren harter und technisch aufwendiger Arbeit hinsetzte, um die Ergebnisse der vergangenen Jahre zu sichten, mußte ich enttäuscht feststellen, daß sich im Verlauf der langen Zeit nur wenig geändert hatte. Die kurzen Dialoge, die wir nachmittags, abends und nachts miteinander führten, wurden Tag für Tag, Woche für Woche widerlicher und gleichförmiger. Die Gewohnheiten, die Vincent angenommen hatte, waren dieselben geblieben, sie wurden nur ausgeprägter.

Ich war verwundert, daß der Mensch sich so wenig wandelt und so wenig Neugier zeigt. Manchmal wünschte ich mir ein gewisses Maß an Abwechslung. Die Regeln der Empirie jedoch sind streng – die strengsten von allen –, und der geringste Eingriff ins vorgegebene Schema kann das Dasein aus der Balance bringen und die gesamte Studie zunichte machen. Ich hütete mich wohlweislich, meinem Wunsch, dem Leben eine buntere Färbung zu verleihen, nachzugeben, und unterließ es sogar, Vincent darauf hinzuweisen, daß die Ursache für seine zunehmende Kurzsichtigkeit in der schlechten Beleuchtung über dem Lesesessel lag oder daß seine anhaltenden Zahnschmerzen auf mangelnde Mundhygiene zurückzuführen waren. Er erfuhr gar nichts. Meine Rolle war schließlich die einer Uhr in bezug auf die Zeit: passiv und registrierend. Wenn sein Schicksal vorsah, daß er blind und zahnlos enden wird, dann sollte es eben geschehen. Verschleiß mußte man einkalkulieren, aber mir war damals noch nicht klar, daß Vincents Mängel weit über das normale Ausmaß hinausgingen. Insgesamt war er ein ungewöhnlich gesunder und gutmütiger Mann.

Vincent litt so gut wie nie an Krankheiten, was meine Untersuchung erheblich erleichterte. Mich amüsierte der Gedanke, daß man nach einem langweiligeren und häuslicheren Mann mit der Lupe suchen müßte und meine Studie – präzise und komplett wie wenige – eines Tages mit Begeisterung aufgenommen werden würde. Jedenfalls bis zu jenem Tag, an dem ich etwas entdeckte, was all meine Vorstellungen über den Mann, mit dem ich zusammenlebte, zunichte machte. Es war der Tag, an dem ich unter Vincents Matratze ein pornographisches Magazin fand.

Ich fand es notdürftig unter der Matratze auf Vincents Seite des Bettes versteckt. Zuerst mußte ich lächeln, weil mir nie eingefallen wäre, daß mein Mann wie alle anderen Männer sein könnte: notorisch an Frauenkörpern interessiert. Doch mein Lächeln erstarb, als ich bemerkte, um was für ein Magazin es sich handelte. Vincent besaß keine gewöhnliche Pornozeitschrift mit Fotos von Frauen, die sich in aufreizenden Posen darbieten, oder von Paaren, die öffentlich die Kunst des Beischlafs ausüben. Dieses Magazin war etwas vollkommen anderes, etwas, für das ich mehrere Sekunden brauchte, um es zu begreifen. Dann gaben meine Beine unkontrolliert unter mir nach. Verwirrt setzte ich mich auf das ungemachte Bett und holte ein paarmal tief Luft. Wie konnte es jemand über sich bringen, diese Bilder anzuschauen? Wie konnte Vincent das tun? Die in dem Magazin abgebildeten Szenen waren monströs, furchteinflößend, abstoßend, kriminell, abscheulich. Fassungslos stand ich vor dieser Offenbarung wie vor einem Mysterium. Erschöpft riß ich meinen Blick von den heimlich aufgenommenen Bildern maskierter Männer, die höchstmögliche Ekstase erreichten, indem sie Geisteskranke, kriegsversehrte Kinder und Gefängnisinsassen, die in den letzten Todeszuckungen lagen, sexuell mißbrauchten.

Das Ganze war dermaßen ekelerregend, daß es die Grenze der Vorstellungskraft überschritt, und vermutlich legte ich, als Vincent endlich von der Arbeit nach Hause kam, die Zeitschrift deshalb unter die Matratze zurück, ohne ein Wort darüber zu verlieren. Ich konnte keine Silbe über meine Entdeckung hervorbringen, doch meine ganze Gedankenwelt war von diesem Fund okkupiert. Die Bilder legten sich wie klebrige Phantome auf alles, was ich berührte, und riefen das Bedürfnis hervor, sich unablässig die Hände zu waschen. Aus Angst, noch schlimmer vom Ekel zerfressen zu werden, wagte ich es lange nicht, nachzusehen, ob das Heft noch unter der Matratze lag. Statt dessen begann ich Vincent zu überwachen; wie er, statt sich die Zähne zu putzen, einen Klecks Zahnpasta direkt aus der Tube aß; wie er den Mantel anzog, bevor er sich die Schnürsenkel zuknotete; wie er in der Nase oder den Ohren bohrte; und wie er abends im Bett lag und Bücher las, die von logischen Problemen und Paradoxa handelten – als wüßte er nicht, welch teuflischer Abgrund unter seinem rechten Ellenbogen lauerte. Vielleicht war es so? Vielleicht hatte er das Heft rein zufällig auf der Straße oder in der Universitätsbibliothek gefunden und aus purer Neugier mit nach Hause genommen? Meine verzweifelte Suche nach Erklärungen wurde jedoch jäh zunichte gemacht, als ich eine Woche später allen Mut zusammennahm und die Matratze hochhob – dort lag ein neues Magazin. Das alte war gegen ein noch ekelerregenderes ausgetauscht worden.

Verwirrt notierte ich den neuen Fund in meiner Akte, kommentierte ihn aber nicht. Was sollte ich auch sagen? Eine mögliche Reaktion wäre natürlich gewesen, die Sache anzusprechen und den Verantwortlichen zur Rede zu stellen. Im Klartext hätte das geheißen, Vincent nach Strich und Faden zu verurteilen – und für einen Augenblick vergaß ich die Verpflichtungen gegenüber der Empirie. Doch im Grunde konnte ich nichts tun. Auch wenn mir das Schweigen schwerfiel, forderte meine Untersuchung die Pflicht des Observierens, die Arbeit einer Wissenschaftlerin, die Rolle der Uhr: still zu sein und das Geschehen zu betrachten.

Mit stoischer Ruhe versuchte ich mir einzureden, daß meine Entdeckung ein kleiner Mangel in einer ansonsten präzisen Studie sei und die Nachwelt mich wohl kaum für Vincents bizarre Neigung verantwortlich machen werde. Ruhig und beherrscht notierte ich, daß das Magazin ein- oder zweimal pro Woche ausgetauscht wurde und Vincent selbst – dem Anschein nach unbeeinflußt von seiner Lektüre – sich weiterhin völlig normal verhielt. Unter dieser Oberfläche des alltäglichen Wohlbefindens entwickelte ich jedoch allmählich einen starken Widerwillen. Einen Widerwillen, der rasch zunahm und zu einer Art Lust heranwuchs. Genau wie bei einem Mückenstich spürte ich, wie der Ärger von mir Besitz ergriff und sein brennendes Gift in Venen und Glieder spritzte. Je mehr ich kratzte, um so mehr entzündete sich die Wunde.

Ich war zornig, wütend, weil Vincent hinter meinem Rücken seine Perversionen pflegte. Versteckte er hinter der blankpolierten Oberfläche von Zerstreutheit und der Belesenheit mittlerer Jahre etwa noch mehr? War er womöglich gar nicht das exemplarische Mittelmaß, für das ich ihn gehalten hatte? Immer noch auf der Suche nach einer Erklärung für sein Verhalten, las ich noch einmal alle meine Aufzeichnungen und studierte wieder und wieder das Material, das ich jahrelang zusammengetragen hatte. Und siehe da: Es gab eine Reihe von Veränderungen. Veränderungen, die zweifellos in der Natur des Menschen lagen, in ihrer Summe allerdings ein Bild der Degeneration und des Verfalls ergaben. Sie manifestierten sich in Vincents ständiger Gewichtszunahme und in der fortschreitenden Konturlosigkeit seiner Gesichtszüge. Schleichend und unauffällig wie ein Dieb in der Nacht arbeiteten sie anfangs im verborgenen. Inzwischen waren sie ihm wie mit einer Diamantnadel in den aufgeschwemmten Leib geritzt. Vincent achtete nicht auf seine Gesundheit. Er war auf dem besten Weg, sich in ein Wrack zu verwandeln.

Im Laufe der letzten fünf Jahre hatte Vincent sich zu einem fettleibigen Hypochonder entwickelt, der wegen allerlei Zipperlein ständig zum Arzt lief und sich einbildete, seine Krankheiten könnten ohne Behandlung sehr bald ernsthafte, wenn nicht lebensgefährliche Ausmaße annehmen. Anfangs hielt ich seine Arztbesuche lediglich für ein Zeichen seiner übertriebenen Zimperlichkeit. Nie hatte ich geglaubt, daß Vincent ernsthaft krank sei. Die Unterlagen des Arztes bescheinigten ihm eine Tendenz zu Herzverfettung, Zucker im Urin, Kalk in den Venen, eine vergrößerte Prostata und beginnende Gicht in der großen Zehe. Außerdem gingen ihm allmählich die Haare aus, er war auf beiden Augen halbblind und verbrachte einen Großteil seiner Freizeit auf der Toilette. Wenige Monate zuvor – ich hatte das ungeheuerliche Heft unter der Matratze noch nicht gefunden – betrachtete ich diese Veränderungen, wenn überhaupt, als natürliche Folge des Alterns, als langsamen Prozeß des Zusammenbruchs, der jeden von uns unweigerlich ins Grab bringt und die Erdschichten mit den Mineralien anreichert, die unser Körper ein Leben lang so begierig in sich aufgenommen hat. Jetzt war etwas eingetreten, was meine Ansicht über das Altern und die Vergänglichkeit über den Haufen warf.

Ich sah meinen eigenen Körper im Spiegel an. »Warum denn nicht ich?« Warum war nicht auch ich – so wie er – ein grotesk aufgeschwemmter, sich äußerlich wie innerlich im Zustand der Verwesung befindender Greis? Vincent war es. Sein Körper wies alle Merkmale von Todessehnsucht auf, und nun, da ich seine verborgensten Gelüste kannte, bemerkte ich, wie vortrefflich sie mit der schrittweisen Deformation seines Körpers übereinstimmten. Mein eigenes Spiegelbild hingegen zeigte eine schlanke Dame mittleren Alters mit grauen, prüfenden Augen. Mit Augen, deren Schärfe mit den Jahren nicht abgenommen hatte. Es erschien mir unbegreiflich, warum zwei gleichaltrige Menschen, die so viele Jahre Seite an Seite gelebt hatten, sich derart unterschiedlich entwickeln konnten.

Meine Betrachtungen über Vincents ungesunde Lebensführung riefen nicht nur Ekel hervor. Indem ich mich mit ihm verglich, fühlte ich mich geschmeichelt, jung und stark und erkannte, daß ich noch viele Jahre bei vollem Bewußtsein verleben konnte. Es war auch amüsant, uns beide nebeneinander zu sehen. Er – ein Mann in glücklicher Unkenntnis der strengen Gesetze und Regeln, denen ich und die anderen Organisationsmitglieder unterworfen sind, und doch wähnte er sich gefesselt und geknechtet. Sein Rücken hatte sich in der letzten Zeit zunehmend gekrümmt: ein weiterer Hinweis, daß sich sein ganzer Wille auf das Grab ausrichtete. Mein eigener Wille dagegen war erhaben und naturgemäß auf Überleben und Wohlbefinden eingestellt.

Immer unnachgiebiger verfolgte ich, wie Vincent dicker und dicker wurde, über unregelmäßige Herzschläge klagte, Haare verlor und sich weiterhin in den widerwärtigen Zeitschriften und ihren grellen Farbfotos vergrub. Ich fand mich nicht nur mit seiner Verwahrlosung ab, ich ermunterte ihn regelrecht dazu. Doch gleichzeitig schrieb die Spitze meines Bleistiftes immer genauer und gnadenloser, meine Blicke wurden noch prüfender, meine Gedanken noch schärfer, und mein Schweigen wuchs. Das Rascheln der Papierbogen, die ich jeden Abend ausfüllte, nahm einen bedrohlich finsteren Ton angestauter Aggressivität an. Ich begann zu erkennen, daß sich meine Studie dem Ende näherte, obwohl ihre Vollendung in weiter Ferne lag.

Vincent spürte zu meiner großen Verwunderung nichts von den Veränderungen und der gespannten Atmosphäre. Der Kuß, den er mir jeden Morgen auf die Stirn drückte, war genauso feucht und zerstreut wie immer, abends am Eßtisch waren seine Augen nach wie vor starr auf den Herd gerichtet. Er bat mit der gleichen hellen und untertänigen Stimme um mehr, nachdem er seinen ersten Teller hinuntergeschlungen hatte. Ich gab ihm, soviel er wollte, ja ich feuerte ihn geradezu an, noch mehr zu essen. »Ein großer Junge wie du, Vincent, muß ordentlich speisen« – dieser Satz wurde zu meinem Tischgebet.

Vielleicht hatte er sich nach so vielen Jahren an das unangenehme Gefühl gewöhnt, ständig beobachtet zu werden, und bemerkte nun nicht, daß mein Blick sich wandelte. Früher hatte er sanft auf Vincent und seinem Leben geruht, nun verbohrte er sich in jedes Detail. Ich entdeckte den Speichel, der, sobald der erste Bissen geschluckt war, in seinem Mundwinkel auftauchte, ich lauschte den keuchenden Atemzügen, wenn er auf halber Treppe stehenbleiben und verschnaufen mußte, ich sah die hellbraunen Trauerränder unter den Nägeln. Unbarmherzig registrierte ich sämtliche Anzeichen von Krankheit und Degeneration. Mir schien es, als hätte er meinen intensiven beobachtenden Blick bemerkt, denn er wandte wie ein krankes Tier den seinen ab, wohl weil er spürte, daß darin etwas lag, dessen er sich schämen mußte. Aber genau wie ein Tier verstand er nicht, worin seine Schuld bestand.

Eines Abends beim gemeinsamen Essen sah ich die Kluft zwischen uns beiden bildlich vor mir. Nachdem ich den Topf auf den Tisch gestellt und Vincent eine gewaltige Portion Fleisch und Kartoffeln serviert hatte, nahm er vorsichtig ein paar Stücke der faserigen Kalbsschulter auf seine Gabel. Die Gabel schwebte nur wenige Zentimeter über dem Teller, doch anstatt sie zum Mund zu führen – was schließlich folgerichtig gewesen wäre –, beugte er das Gesicht zu ihr hinunter und saugte das Fleisch unter lautem Schmatzen auf. Unmittelbar danach hob er das Gesicht, warf mir einen verstohlenen Blick zu und begann zu kauen. Noch bevor das mit Speichel versetzte Essen den Hals herunter war, wiederholte sich die Prozedur. Die Gabel wühlte ein Stück Fleisch hervor, das Gesicht bewegte sich abwärts, der Mund öffnete sich, saugte mit einem kräftigen Ruck den Happen in die Mundhöhle, wo er zu einem feuchten Brei zermahlen wurde. Ich selbst führte, wie es in der zivilisierten Welt üblich war, mein Besteck an den Mund und nahm die Nahrung ohne Saugen, Lutschen und Schmatzen auf. Schließlich besteht eines der herausragendsten Privilegien der Menschheit darin, im Unterschied zu den Tieren nicht am Boden kriechend nach Eßbarem Ausschau halten zu müssen. Die gesamte

Mahlzeit über setzte sich dieser gegensätzliche Bewegungswechsel fort. Einer Maschinerie aus Mündern und Händen ähnlich, die bald gehoben, bald gesenkt wurden, fügten sich unsere unterschiedlichen Tischmanieren zu einem absurden Bild. Als Vincent mich ansah, mußte ich mich dazu zwingen, meine Verachtung zu verbergen, obwohl sie mich förmlich auffraß. Ich versteckte sie hinter einem falschen Lächeln, voller Sorge, daß mir der Ekel ins Gesicht geschrieben stand. Vermutlich las ihn Vincent trotzdem in meinen angespannten Gesichtszügen, denn sein Blick schweifte irritiert umher, bevor er sich mit neuem Eifer auf das Essen konzentrierte – ohne zu ahnen, daß er gerade damit meinen Widerwillen erregt hatte.

Vielleicht spürte er auch, daß meine stummen Vorwürfe etwas Grundlegenderes in seinem Wesen betrafen, etwas, das, wenn ich es ausgesprochen hätte, nicht nur seine schlechten Tischmanieren, sondern seinen ganzen, vom Untergang gezeichneten Körper verurteilen würde. Vincents Ausdruck wurde nämlich immer unruhiger, und er vermied es, mir am Eßtisch und in anderen alltäglichen Situationen in die Augen zu sehen. Mein Zorn wuchs dadurch nur noch mehr. Vincent entwickelte, wie ein unterwürfiger Hund, Gebärden von Scham und Demut. Er litt an einem schlechten Gewissen, dessen Ursache ihm nicht bewußt war, und er versuchte, mir gefügig zu sein, ohne den Anlaß für meine Wut zu kennen. Manchmal jammerte er, sein Leben sei armselig und sein Körper lasse ihn im Stich. Manchmal fragte er mich erstaunt, ob ich fände, daß er fasten oder Tennisstunden nehmen solle. Ich schwieg zu allem, was er sagte. Wenn er nicht von selbst begriff, daß die einzige Maßnahme, seine Würde zu wahren, ein bißchen Disziplin und Selbstprüfung war, dann gab es nichts zu sagen.

Ich mußte hart an mir arbeiten, um allen Mißerfolgen zum Trotz weiterhin meiner empirischen Studie zu dienen. Aufgerieben zwischen Pflichtgefühl und Verachtung, zwang ich mich fortwährend, mir meine passiven Rollen in diesem Drama vor Augen zu führen. Es kam vor, daß ich mich dafür rügte, ein so erbärmliches Studienobjekt ausgewählt und nicht schon früher erkannt zu haben, welche katastrophale Wendung das Ganze einmal nehmen würde. Nachdem ich mich ein weiteres Jahr durch einen Sumpf aus Selbstanklage und unterdrückter Abscheu gequält hatte, konnte ich die Klarheit, mit der sich mein Ekel an jeder Ecke offenbarte, kaum mehr aushalten. Die Linse, durch die ich die Welt beobachtete, war scharf wie eine Rasierklinge, und mein haßerfüllter Blick – fähig, die Dinge bis auf ihren dunkelsten Grund bloßzulegen – fand ununterbrochen neue Anlässe für meine immer stärker werdenden Aversionen. Inzwischen reizte mich alles, was direkt oder indirekt in Zusammenhang mit Vincents trägem Naturell stand.

Bereits ein belangloser Gang durch unsere Wohnung enthüllte sein nachlässiges Hygieneempfinden sowie seinen Mangel an verfeinerter Lebensart, den er während der gesamten Dauer unseres Zusammenlebens an den Tag gelegt hatte. Ich entdeckte im Bücherregal zwischen den ausgesuchten Bänden plötzlich zwei unbekannte Titel, die mit kindlicher Gewalt in eine nicht vorhandene Lücke gepreßt worden waren. Ein Mensch mit Sinn für Schönheit kann diese Art des Angriffs auf Ordnung und Symmetrie nur hassen, genau wie jedes Individuum, das auf eine gesunde Sauberkeit Wert legt, Krümel in der Butterdose oder Schamhaare auf einer frischgeputzten Klobrille haßt. Denn ein einziges kleines Haar auf der Klobrille kann in dem Bruchteil einer Sekunde die gesamte schreckliche Wahrheit unserer Sterblichkeit und die Angst der Menschheit vor dem Untergang offenbaren – in dem Moment, in dem dieses eine Haar vor den Augen des paralysierten Betrachters, dessen Körper vor Furcht erstarrt, die Form einer der makabersten und abstoßendsten optischen Täuschungen annimmt. Denn wie leicht wird aus einem Haar ein sonderbares schwarzes Insekt, dessen lange, starre Antennen ins Dunkel ausfahren und den Geruch aufnehmen, der der feuchten Handinnenfläche des Opfers entströmt.

Es geschah oft, daß Vincent, wie um sein Revier zu markieren, einige lange, schwarze Schamhaare auf der Klobrille zurückließ, nachdem er im Badezimmer gewesen war, um sich dort ungestört in seine perverse Lektüre zu vertiefen. Die Frage nach der Kausalität von Schamhaaren und Pornographie einerseits oder Schamhaaren und vorsätzlichem Totschlag andererseits müssen wir innerhalb dieser verworrenen Kette aus Ursache und Wirkung offenlassen. Lassen Sie mich nur so viel sagen: Die Menge der zurückgelassenen Schamhaare wurde immer größer, und darüber hinaus schien jedes einzelne dunkler, grober und länger zu werden. Ich fand sie inzwischen nicht nur auf der Klobrille, sondern auch im Bett, auf dem Sofa, auf dem Fußboden rund um den Eßtisch herum. Wie konnte jemandem so etwas passieren? Ich weiß es nicht. Ich weiß nur, daß mit ihrer unkontrollierbaren Ausbreitung ein schwacher, alles durchdringender Geruch nach Geschlecht und altem Urin einherging.

Dieser Geruch fiel mir zum erstenmal an einem Abend auf. Vincent saß stundenlang, das Sportprogramm verfolgend, vor dem Fernseher. Tief ins Sofa gesunken und den Blick aufmerksam auf den Bildschirm gerichtet, beobachtete er Muskeln im Wechsel zwischen Anspannung und schweißnasser Muße. Es war unmöglich, Kontakt mit ihm aufzunehmen, und ich strich nervös zwischen den drei Räumen der Wohnung hin und her, rückte mal den einen, mal den anderen Gegenstand zurecht. Wie eine Löwin, die die Witterung von einem Brand in weiter Ferne aufgenommen, die Gefahr jedoch noch nicht erkannt hat, bewegte ich mich in immer gleichen Schrittfolgen, ohne zur Ruhe zu kommen. Überdeutliche Signale erreichten meine Gehirnwindungen und lösten Adrenalinschübe aus, die die Nerven bloßlegten. Instinktiv registrierte ich eine Gefahr, aber mein menschlicher Verstand – durch Jahrtausende der Zivilisation degeneriert – konnte weder Gedanken noch Worte finden, die diesem Impuls entsprochen hätten. Durch die dünnen Wände des Wohnzimmers drang ununterbrochen ein Schwall von tierischem Stöhnen, Gebrüll und Jubel zu mir herüber, der die bacchantischsten Szenen vor meinem inneren Auge wachrief. Ich sah eine Gruppe nackter Menschen – mit Körperflüssigkeiten beschmiert – einander in Stücke schlagen, Glied für Glied, bis nichts mehr übrig war als ein langsam ranzig werdender Tümpel organischen Unrats. Natürlich ereignete sich nichts dergleichen im Fernsehen. Vincents Interesse galt einem ausgedehnten und zähen Boxkampf, der nach fünfzehn Runden endete. Die Gegner lieferten sich dasselbe alte, gewöhnliche Gefecht um Leben, Rang und Ehre, wie sie es schon seit Urzeiten tun. Und alle, die je einen Boxkampf gesehen haben, wissen, mit welcher Schönheit sich in einem durchtrainierten Körper Muskeln bewegen und in welchem Kontrast die Gesichter der Kämpfenden, bis zur Unkenntlichkeit verzerrt, zur Dynamik ihrer Bewegungen stehen. Sobald der Verlierer unter dem orgiastischen Jubel des Publikums zu Boden ging, entfuhr Vincent ein Seufzer der Erleichterung. Sein Körper sackte zusammen, Schweiß rann ihm aus den Achselhöhlen – seine Augen wurden trübe, milchig und schienen nach innen gerichtet zu sein. Abwesend begann er, die Fernbedienung zu drücken, um ein neues Sportprogramm zu finden. Just in jenem Augenblick identifizierte ich den unangenehmen Geruch, der während des Boxkampfes an Intensität zugenommen und ekelerregende Dimensionen erreicht hatte. Ich hatte geglaubt, der Geruch käme von Vincents ungewaschenen Strümpfen oder seinem schweißflekkigen Hemd. Doch nun wurde mir klar, daß er hier schon lange in der Luft lag, sehr viel länger, als Hemd und Strümpfe schmutzig waren. Er hatte sich eingeschlichen und war zu einem Bestandteil des Interieurs geworden. Sukzessive hatte er alle anderen Düfte verdrängt, als strebte er nach Herrschaft, Dominanz und Vertreibung.

In dem Moment, in dem Vincent mich mit seinen milchigen Augen anstarrte und plump auf der Fernbedienung herumtippte, hob er seine rechte Hand, die die ganze Zeit über in der Gegend seines Geschlechts herumgewühlt hatte. Er zog die Hand aus der etwas zu engen Hose und streckte sie nach der Schale mit den Punschpralinen aus. Plötzlich war mir klar, woher der stechende Geruch rührte: von Vincents behaartem Unterleib. Ich erkannte deutlich das Schamhaar, das, eingekeilt zwischen Haut und Nagel des Ringfingers, herunterfiel und langsam auf unseren weißen Wohnzimmerteppich trudelte. Schwarz und dick lag es da und verströmte seinen ebenso eindeutigen wie obszönen Duft nach muffigem Geschlecht. Und dieses Haar lag nicht allein auf dem Fußboden. Horden vereinzelter Schamhaare hingen im Teppich fest und verbreiteten diesen widerlichen Geruch, der sich von hier aus ungehindert in der ganzen Wohnung verteilte.

Die Tatsache, daß ich nun die Herkunft des Geruchs kannte, machte nichts einfacher. Mir wurde vielmehr schmerzlich bewußt, daß ich nichts von dem, was mein Leben verpestete, entfernen konnte: Der Schmutz, die Haare, der Geruch, sogar die Tristesse und meine Unzufriedenheit, alles hatte seinen Ursprung in Vincent und seinem verderbten Körper. Ich überlegte, ob er bewußt handelte, mit durchtriebener Boshaftigkeit umherging und seine Schamhaare verstreute, mit Absicht fett geworden war und sich schlechte Manieren angewöhnt hatte. Hatte er mich durchschaut? Hatte er erkannt, welches Geheimnis ich hinter der Küchentür und der leutseligen Miene einer Hausfrau verbarg, und hatte er sich entschlossen, mir Hindernisse in den Weg zu stellen? Ich wußte es nicht, doch ich erinnere mich genau, daß sich an diesem Abend die Richtung meines Denkens änderte.

An diesem Abend brachen meine Gedanken in die Domäne der Unmenschlichkeit ein, in die Domäne einer Vernunft, wie sie Hunde, Insekten und Diebe auszeichnet – und all diejenigen unter uns, die es vorziehen zu leben und nicht bereit sind, an den erdrückenden Fesseln der Höflichkeit, Pflichterfüllung und des Edelmutes zu ersticken. Hier waren meine Gedanken angekommen, und hier hörte ich schöne, verlockende Stimmen, die mir die Unerträglichkeit meiner Situation nochmals vergegenwärtigten. Denn seiner Krämpfe und seines Fettes zum Trotz schien Vincent noch etliche Jahre, womöglich sogar noch einige Jahrzehnte lebensfähig zu sein, mit mir an seiner Seite.

Einige Tage nach besagtem Boxkampf setzte ich mich hin, um die Resultate meiner Untersuchung zusammenzufassen. »Zu wissen, wann es an der Zeit ist, Schluß zu machen, ist die größte Herausforderung an einen Wissenschaftler.« Doch ich war mir noch nicht ganz sicher. Konnte ich meine Arbeit wahrhaftig als beendet betrachten, war der großen Studie tatsächlich nichts mehr hinzuzufügen? Ich rechnete die Kolumnen zusammen, übertrug die Meßergebnisse aus sämtlichen Testbereichen und gab die Zahlen in den Computer ein. Im Gegenzug erhielt ich vom Drucker kilometerlange Listen, denen ich mich nachts widmete, um sie voller Konzentration bis ins kleinste Detail zu studieren. Nun bestand kein Zweifel mehr: Vincent war außer Kontrolle geraten. Er eignete sich nicht länger für empirische Studienzwecke. Bei näherer Betrachtung schien er einer dieser Hybriden anzugehören, die, sorgsam hinter einer Fassade von Normalität verborgen, nichts anderes vom Leben wollen, als so groß wie möglich zu werden. Er war ein Parasit, der in meiner opfervollen Fürsorge den perfekten Nährboden sah, an dem er sich festsaugen und aus dem er Nahrung beziehen konnte. Vielleicht lag in seinem Schweigen und mangelnden Interesse an seiner Umwelt nicht Gleichgültigkeit, sondern ein geschicktes Manöver, das mich dazu bewegen sollte, ihm das Leben in höchstem Maße angenehm zu gestalten. Alle meine Untersuchungsergebnisse schienen das zu belegen. Das Resultat wurde immer alarmierender, je mehr Zeit ich daran saß, und es dauerte nicht lange, bis ich meinen Irrtum in vollem Umfang erkannte. Ich nahm ab und konnte nachts nicht mehr schlafen aus Sorge, was aus meiner Studie werden sollte.

Bequem ins Sofa zurückgelehnt, umgeben von Schamhaaren und bestickten Kissen, hockte er da und quoll auf, im realen Raum genau wie in meiner Vorstellung. Ich betrachtete ihn und seine Gewohnheiten mit immer mehr Abstand. Seine Hand, die hin und wieder aus der Hose auftauchte, um sich durch die Schalen auf dem Tisch zu fingern. Seine fieberhaft angestrengte Suche nach Pfefferminzpastillen, Rumpralinen, englischem Toffee oder etwas anderem, womit er sich den Wanst vollschlagen konnte. Seine Schambehaarung, deren einzige Aufgabe offensichtlich darin bestand, auf den Fußboden zu fallen, bevor die Hand sich erneut in den warmen Schritt drängte, wo das Geschlecht einer wehrlosen Larve gleich zusammengekauert ruhte.

Es liegt mir viel daran zu betonen, daß mir mehr als die Unsitte, sich ins Badezimmer einzuschließen, gerade diese widerliche Angewohnheit, sich immerzu im Schritt zu kratzen, das Ausmaß meines Irrtums klar vor Augen führte. In seinem Buch über die amerikanischen Halbflügler schreibt Dr. Zeno Müller in einer Fußnote über die *Periplaneta*, daß die Natur im Kampf ums Überleben die Stärksten zur Fortpflanzung auswählt, während sie die Schwachen zugrunde gehen läßt. Die Eigenschaften, die innerhalb einer Art in Variationen auftreten, teilt er in drei Kategorien: in nützliche, in bedeutungslose und in schädliche Eigenschaften. Eine vierte Kategorie existiert nicht. Daß Vincent der dritten Kategorie zuzuordnen war, stand außer Zweifel – ihm fehlte eine Aufgabe im Leben. Er war den Schädlingen zuzurechnen, und welches Schicksal ein Schädling hat, das weiß jede verantwortungsbewußte Hausfrau: Tod durch Ausrottung.

Ich habe lange gearbeitet, um zu dieser Einsicht zu gelangen. Schließlich barg sie, auch wenn sie moralisch nicht anzufechten ist, das Risiko, mit der Studie nicht zu bestehen. Ich beschloß, das Risiko einzugehen, und es ist kein Geheimnis, daß ich letztlich wohlbehalten aus dieser mißlichen Lage herausgekommen bin. Im Gegensatz zu Vincent, der blutleer und steif unter unserem Küchentisch liegt und erkaltet. Der Leser kannte den Ausgang meiner Erzählung im voraus. Er kannte jedoch nicht die ganze Geschichte mit all ihren Aspekten: Miss Crowhursts bemerkenswerte Untersuchung, das Schicksal meines portugiesischen Kollegen und der anderen acht jungen Männer, mein unerwartetes Zusammentreffen mit Sandemann und noch vieles mehr. So gestatten Sie mir bitte jetzt, da Gelegenheit ist, die letzten beklemmenden Episoden berichten zu dürfen.

Im Lauf der quälenden Konflikte über den Vertrag meiner empirischen Studie hatte ich eine Vision. Ich sah Tausende von Uhren unterschiedlicher Größe und Herkunft in einer langen Reihe aufgestellt und mich damit beschäftigt, den exakten Zeitraum zu errechnen, den mich die Arbeit mit Vincent gekostet hat. Ich konnte gleichsam hören, wie all die verlorenen Sekunden Revue passierten und sich zu einer gewaltigen Tonwelle gegen dieses fette Wesen formten, das mein Leben zerstört hatte; wie die Wut sich schäumend aufbäumte und all das Ungeziefer und den Unrat der gesamten Welt fortspülte. Danach verspürte ich eine seltsame Klarsicht und ging in die Speisekammer, um die Dinge zu holen, die zum privatesten Besitz jeder klugen Hausfrau gehören: Adreßbuch und Revolver.

Stets darauf bedacht, mich den Vorschriften entsprechend zu verhalten, war ich niemals neugierig gewesen, welche Adressen das Buch enthielt. Nun schlug ich es mit zitternden Händen auf und fand auf Seite siebenundzwanzig den verblaßten, handgeschriebenen Namen einer Hafenstadt an der nordafrikanischen Küste, der Rest des Buches war leer. Über den Revolver gibt es nicht viel zu sagen. Es handelte sich um ein schweres Exemplar mit abgesägtem Lauf, dessen Abzug extrem verlängert war, damit auch Frauen mit kleinen Händen ihn bedienen konnten. Ich weiß nicht, wie viele Kugeln in seinem Magazin steckten. Man sagt, daß er stets nur mit einer einzigen Kugel geladen sei, die, sollte etwas schiefgehen, dazu diene, das Ende des unglücklichen Besitzers zu besiegeln. Für Vincents Ende brauchte ich nicht mehr als einen gutgezielten Schuß. Selbst wenn im Magazin weitere Kugeln sein mochten, legte ich keinen Wert darauf nachzuzählen, wie viele es waren.

Ich erschoß Vincent nicht im Zorn. Ich tat es meinem inneren Frieden zuliebe und um der Welt einen Dienst zu erweisen. Hätte ich, was ebenso denkbar gewesen wäre, die Mündung des Revolvers mir selbst an die Stirn gesetzt, hätte man Vincent sofort Ersatz geschickt. Eine dieser älteren Damen, deren einzige Aufgabe darin besteht, das auszuführen, was ihrer Vorgängerin mißglückt ist. Sie hätte gutmütig und ohne ihren Auftrag in Frage zu stellen, die Studie dort wiederaufgenommen, wo ich sie abgebrochen hatte. Ebenso gutmütig hätte sie die Aktenordner weitergeführt und das stupide Ernähren, Waschen, Hegen und Pflegen von Vincent besorgt. Vincent wäre der Vorsehung dankbar gewesen, daß sie ihm eine weitere unermüdliche Hausfrau zugedacht hatte, an der er sich schadlos halten konnte. Wenn seine Zeit gekommen wäre, hätte sich die ältere Dame, zufrieden, daß sie ihre Aufgabe bewältigt hatte, in irgendeinen entlegenen Winkel zurückgezogen und sich den Revolver an die Stirn gedrückt – in der Gewißheit, die Vorschriften treu und genau befolgt zu haben. Das erschien mir als eine Verschwendung von Ressourcen.

Es gab, nach meiner Ansicht, nur eine Lösung. Der Tod trat augenblicklich ein, nachdem Vincent, vom Treppensteigen kurzatmig und verschwitzt, Platz genommen hatte, um sein Abendessen zu verzehren. Ich hatte den Revolver in einige Küchentücher gewickelt und mich schräg hinter seinem gebeugten Rücken aufgestellt, um den besten Schußwinkel zu erzielen. Es erschien mir unter meiner Würde, ihn von vorn, von Angesicht zu Angesicht, zu erschießen. Nur

Idioten und Verlierer halten sich an die Etikette bei einer Angelegenheit, die über Leben und Tod entscheidet. Ich wollte nicht Zeugin seiner Todesangst werden, seine erbärmlichen Schreie, sein jämmerliches Bitten und Flehen nicht mit anhören. Tot wollte ich ihn sehen, nicht mehr und nicht weniger. Bei einem Duell hätte ich mich ohne Zögern umgedreht und geschossen, bevor mein Gegner die vorgeschriebenen dreißig Schritte zu Ende gegangen wäre. Das Überleben ist entscheidend.

Nach dem dumpfen Schuß, die Kugel hatte zuerst den Nacken und dann die linke Schläfe durchbohrt, fiel er langsam vom Stuhl auf den Fußboden unter dem Tisch. Er schrie nicht, und er stieß nichts um. Weder Krämpfe noch Spasmen hatte er, sondern er starb artig wie ein Kind, dem man Süßigkeiten versprochen hatte, damit es sich ruhig verhält. Seine Ergebenheit verwunderte mich, genau wie die Tatsache, daß er nicht blutete. Aus dem Loch in der Schläfe sickerten ein paar hellrote Tropfen, die nicht einmal ein gleichmäßig fließendes Rinnsal bildeten. Unzufrieden betrachtete ich die Leiche und dachte, daß meine Monatsblutungen bedeutend stärker gewesen waren – und vermutlich auch schmerzhafter.

Da lag er, unter unserem Küchentisch. Es war still in der Wohnung, und das Pendel der Wanduhr schlug zweimal. Das bedeutete, daß eine Viertelstunde vergangen war, seit Vincent das Haus betreten hatte.

Ich hatte keine Zeit zu verlieren. Die gesamte elektronische Ausrüstung baute ich ab und verstaute sie in einem Karton, schlug meine Studie in einen Bogen stabiles braunes Packpapier, legte den Revolver, das Adreßbuch, das Schreibzeug und einen Lippenstift in meine Handtasche und ging als freie Frau hinaus auf die Straße.

Eine freie Frau. Genauer gesagt, eine fast freie Frau. Nachdem der unhandliche Karton mit den Maschinenteilen in den Müllschlucker und der Rest meines Laboratoriums in den Mülleimer verfrachtet war, mußte meine Studie abgeschickt werden, diese dicken Aktenordner mit all ihren Berichten. Das eingeschlagene Paket hatte das Gewicht meiner Vergangenheit, und ich war fest entschlossen, es nach allen Regeln der Kunst zuzustellen. »Seine Pflichten nicht zu erfüllen«, pflegte mein Vater zu sagen, »ist die Kardinalsünde eines Empirikers.« Ich ging zum Postamt, zu den Schaltern für Postsendungen ins Ausland. Dort wurde gerade geschlossen, nur einer der Schalter war noch besetzt. Die Postbeamtin bat mich, vier rosa und zwei blaue Formulare auszufüllen, die jeweils drei knisternde Blätter Kohlepapier enthielten. Ich holte das Adreßbuch hervor, schlug Seite siebenundzwanzig auf und schrieb: »Inhalt: Archivmaterial« und »Bestimmungsort: Annaba«. Die Dame am Schalter kontrollierte die Angaben und zeigte dann mit ihrem Füllfederhalter auf die Felder, wo ich unterschreiben sollte. Meine Hand zitterte ein wenig, so daß die Tinte stockte und an jeder Stelle verlief, an der ein Doppelkonsonant auftrat. Unsicher lächelte ich der Postbeamtin zu, doch sie schien keine Notiz davon zu nehmen, was sich auf der anderen Seite des Schalters abspielte. Sie bedachte mich nur mit einem nichtssagenden Blick, der in der Glasscheibe, die uns voneinander trennte, zu einer traurigen Grimasse verzerrt wurde. Kurz darauf, auf der Straße, erinnerten mich ihre wasserblauen Augen an Dr. Müller und die amerikanischen Halbflügler. Wie die Natur die Schwachen ausmerzt, so müssen sich bedeutungslose Menschen wie diese Postbeamtin mit einem Leben in Tristesse und Armut begnügen.

Ich selbst zählte mich nach meiner Tat zur Gruppe

der Überlebenden, zu den Nützlichen und Erhöhten. Von Stolz erfüllt bemerkte ich, daß in mir eine stille Evolution begann, die mein gebeugtes Rückgrat wieder aufrichtete. Meine Schritte waren nicht länger vorsichtig und tastend. Ohne Zweifel regte sich in meinem Körper ein Bedürfnis, und ich spürte, daß er seine Weiblichkeit zurückerlangte. Ich genoß, wie meine Hüften den Stoff des Rockes berührten, meine Brust schwoll an, als könnte sie von der neuen Freiheit, die ihr plötzlich entgegenschlug, nicht genug bekommen. Ich war keine junge Frau mehr, aber ich fühlte mich auf einmal weiblicher und attraktiver als je zuvor. Es verstand sich von selbst, daß die Freiheit die Ursache meines sinnlichen Empfindens war. Was konnte ich mit ihr jedoch anfangen, nachdem ich so viele Jahre hart gearbeitet hatte? Allein die Möglichkeit, ungehemmt die Straßen entlangspazieren zu können, erschien mir als unverdientes Glück. Ich ging, wohin der Weg mich führte, vorbei an Marktplätzen und Ladenzeilen, über erleuchtete Boulevards und durch verschlafene Villenviertel. Hin und zurück, hinein und hinaus, alle Seitenstraßen entlang. Während ich an blendenden Neonschildern und dem heiteren Menschengewimmel im Stadtzentrum vorbeischlenderte, gelangte ich zum Bahnhof, in die Straße, in der viele Brüsseler Hotels liegen. Neugierig ging ich an der verwitterten, hellblauen Fassade des Hotels »Splendid«, den gesprungenen Fensterscheiben des Hotels »West End« und dem orientalischen Treppenaufgang der Pension »Iberica« vorbei. In weiter Ferne erkannte ich schemenhaft die eleganten Eingänge der Hotels »Royal« und »Ambassador«, doch dorthin zog es mich nicht. Einige Straßen weiter änderte der Bezirk seinen Charakter. Arbeitslose Männer lungerten in den Ecken oder lehnten an Straßenlaternen, ein paar Frauen liefen mit hastigen Schritten auf dem Trottoir auf und ab. Zögernd ging ich weiter geradeaus und dachte darüber nach, ob nicht ein anderer Stadtteil besser für eine Übernachtungsmöglichkeit geeignet sei, als ich am Ende der Straße ein schwach erleuchtetes Schild erblickte. Beim Näherkommen erkannte ich, daß es eine altmodische Waage darstellte, darunter stand in gelben Buchstaben »Hotel Libra«.

Obwohl die Fassade des Hotels dezent, geradezu fade war, wurde ich auf unerklärliche Weise von dem Schild angezogen. Mit dem Gefühl, das ich bei der ersten Begegnung mit Vincent gehabt hatte, näherte ich mich langsam der verglasten Tür, die zur Rezeption führte. Die Treppe, die dreieckige Türklinke aus Messing, der Teppich, alles in diesem Gebäude war von einer vertrauten, intimen und verführerischen Aura umgeben, der ich mich nicht entziehen konnte. Die Empfindung, geführt zu werden, erfüllte mich, als ich mit übertriebener Nonchalance allen Mut zusammennahm und ein weinrotes, wohnlich eingerichtetes Foyer betrat. Der junge Portier, dessen Gesichtsausdruck bei meinem Eintreten schnell von unbändigem Leid in Schüchternheit überging, starrte mich unverwandt an, ohne sich zu rühren. Er schien an den nackten braunen Anmeldetresen, der von einer obszön großen anachronistischen Schreibfeder geziert wurde, festgefroren zu sein. Als ich so nahe an ihn herantrat, daß nur noch ein halber Meter unsere Gesichter voneinander trennte, zuckte er zusammen und verbarg – mit errötenden Ohrläppchen – seine Nervosität hinter einer Maske serviler Höflichkeit. Innerlich lachte ich über sein jugendliches Gebaren, und für einige kurze Augenblicke überlegte ich, ob ich ihn später bitten sollte, auf mein Zimmer zu kommen. Diese Idee schlug ich mir aus dem Kopf, als ich seine zarten Fingerspitzen sah. Sie waren durch den Druck, den er auf sie ausübte, während er sie auf die Mahagoniplatte stützte und darauf wartete, daß ich das Ausfüllen der Gästekarte beendet hätte, weiß geworden. Aus Diskretion oder Verwirrung fragte er nicht nach meinem Gepäck, obwohl ich nur eine Handtasche bei mir hatte. Er fragte auch nicht, wie lange ich bleiben oder ob ich das Zimmer sehen wollte, bevor ich mich entschied.

Als wir die Formalitäten hinter uns gebracht hatten und ich um den Schlüssel bat, kippte die Atmosphäre seltsam um. Es wurde stiller. In einem Moment gegenseitiger Anspannung trafen sich unsere Blicke. Der meine ungeduldig, der seine schneidend, womöglich erschrocken. Der oberste Knopf seines Hemdes stand offen, und unterhalb des gestärkten Kragens sah man ein Stück unbehaarter Haut und eine Art Halsband mit einem falschen Skarabäus, der mir bekannt vorkam. Ich stellte mir vor, der Portier sei in Gedanken unendlich weit fort von dieser Hotellobby, in der die Luft so abgestanden war, daß der Deckenventilator nur mühsam seine trostlosen Bewegungen ausführte. Außerdem stellte ich mir vor, sein Körper brenne vor Sehnsucht, die tägliche Arbeit hinter sich zu lassen und in die beunruhigenden, diffusen Bilder von Badestränden und nackten Männern einzutauchen, die meine Phantasie erschuf und die mich an Vincent und sein Pornomagazin erinnerten. Gerade als ich ihn fragen wollte, wo er sein Halsband gekauft habe, bemerkte ich, daß er auf einmal dicht neben mir stand. Mit unerwarteter Autorität nahm er mich beim Arm und führte mich zu einer Tür in einer Ecke des Raums, die halb von einem Vorhang verborgen wurde und an die ein kleines Schild mit der Aufschrift BAR genagelt war. Mit der Höflichkeit eines Arztes, der einem Patienten die Umkleidekabine zeigt, öffnete er die Tür, ließ mich eintreten und verschwand, noch bevor ich ihn fragen konnte, in welcher Etage mein Zimmer liege.

Der Tresen verlief die gesamte rechte Seite des Raumes entlang, beschrieb eine Rundung und verschwand in einer Wandnische. Den Fußboden bedeckte dicke, kognakfarbene Auslegeware, und an den Wänden – die mit Medaillontapeten in gedämpftem Rotbraun tapeziert waren – hatte man hier und da winzige Wandleuchter angebracht, durch deren Schirme nur ein Bruchteil des Lichts der Glühbirnen drang. Vereinzelt waren Bücherregale aufgestellt, als kaschierten sie defekte Stellen im Mauerwerk. Eine außergewöhnliche, in strenger Symmetrie arrangierte Ledermöbelgarnitur prägte den Raum. Es gab keine Fenster.

Obwohl der Raum fast menschenleer war, herrschte keine Stille. Aus verborgenen Lautsprechern erklangen die Lieder eines griechischen oder portugiesischen Sängers, dessen weiche Stimme, begleitet von einer melancholischen Gitarre, von unerreichbaren Zielen und unerwiderter Liebe kündete. Hinter dem Tresen trocknete ein junger Barkeeper mit blondem, nach hinten gekämmtem Haar Gläser ab. Er schien meine Anwesenheit nicht zu beachten und fuhr – nachdem er mich mit einem vagen Blick bedacht hatte – mit seiner gleichförmigen Arbeit fort. Vermutlich war es sein Verdienst, daß alles in der Bar einen fast unnatürlichen Glanz hatte.

Lange stand ich dort, irgendwo zwischen der Tür, durch die man mich geschoben hatte, und dem Türrahmen am anderen Ende des Raums, hinter dem sich vermutlich intimere Nischen befanden. Mein Atem wurde kurz und schwer. Unbehagen beschlich mich. Trotzdem fühlte ich mich in sonderbarer Weise wie zu Hause. Etwas Vertrautes lag in dem Muster, nach dem alles geordnet war. Ich hätte mich am liebsten in den nächsten Ledersessel auf ein Schläfchen niedergelassen. Mit aller Kraft kämpfte ich gegen die Anziehungskraft der Möbel. Das Gefühl von Wohlbehagen, das die niedrigen, ovalen Tische, die Kerzen und die Aschenbecher aus Kristall vermittelten, war verräterisch. Instinktiv erkannte ich, daß nichts von all dem für mich bestimmt war, daß man mich nicht zur genußvollen Zerstreuung hierhergeschickt hatte. Vielleicht realisierte ich zu diesem Zeitpunkt bereits das Ausmaß meines Irrtums, war aber noch nicht in der Lage, die Tatsachen zu begreifen. Ich wollte nicht wissen, wo ich mich befand.

Nachdem ich einige Minuten lang unschlüssig im Raum gestanden hatte, nahm ich allen Mut zusammen und ging durch die gegenüberliegende Tür. Der junge Barkeeper, der die ganze Zeit über stoisch seine Gläser poliert hatte, legte das Geschirrtuch beiseite und verschwand in einer Wandnische. In dem Augenblick, in dem ich seinen Raum verließ, war seine Aufgabe offenbar erfüllt. Kaum hatte ich entdeckt, daß der hintere Raum eine genaue, doppelt so große Kopie des vorherigen war, begriff ich, wo ich mich befand und mit wem ich es zu tun hatte. Es gibt Geschichten von zum Tode verurteilten Gefangenen, die nach Jahren der Angst und Seelenqual beim Anblick ihres Henkers plötzlich ruhig werden und den Tod auf einmal nicht mehr fürchten. Ich spürte einen ähnlichen inneren Frieden, als ich den Mann am Schachbrett erblickte. Dem Anschein nach in eine anstrengende Partie gegen sich selbst oder einen unsichtbaren Gegner versunken, saß er bequem nach hinten gelehnt in seinem Sessel, starrte ins Leere und schwenkte ein halbleeres Kognakglas. Ihm gegenüber, auf der anderen Seite des Tisches, stand ein weiterer Sessel. Als ich mich, nach einer scheinbar unendlichen Wanderung durch Zeit und Raum dem Mann genähert hatte, entdeckte ich zu meiner Verwunderung, daß gar keine Partie gespielt wurde. Die Schachfiguren standen säuberlich aufgereiht. Mit einer eleganten Geste und noch immer ohne ein Wort von sich zu geben, gebot mir der Mann, Platz zu nehmen. Jedes Wort schien unangebracht, es gab nur die Stille, die uns voneinander trennte. Keine Musik drang in diese abgelegene Ecke des Lokals, nur ein Geräusch, das an Regen erinnerte, der gegen kalte Fensterscheiben schlägt. Lange betrachteten wir stumm das Schachbrett, und ich hegte den Wunsch, eine göttliche Hand möge aus dem Nichts heraus den ersten Schachzug in diesem lebensbedrohlichen Spiel setzen. Statt dessen tauchte aus dem Nirgendwo ein großes, in braunes, stabiles Packpapier eingeschlagenes Paket auf den Knien meines schweigsamen Gastgebers auf. »Unser Mann bei der Post«, sagte er plötzlich, »brachte das hier vor ein paar Stunden.« Ich dachte an die bemitleidenswerten Gesichtszüge der Schalterbeamtin und wußte, daß es stimmte: Wer sich einmal in die Schar der Empiriker eingereiht hat, kehrt nie mehr in die Welt zurück. »Eine feine Studie, wie mir scheint«, fuhr er langsam fort, »die aber aus irgendeinem Grunde nicht ganz fertig geworden ist.«

Seine Hand legte sich wie ein verhängnisvoller Schatten über die Reihe weißer Spielsteine. Er hatte das Glas weggestellt und befingerte zerstreut meine Schachfiguren, als überlegte er, welche Eröffnung die passendste sein mochte. Dann hob er einen Bauern vom rechten Flügel, nahm ihn in die Hand, ließ ihn in die Handinnenfläche hinunterrollen, um sein Gewicht bestimmen zu können, und stellte ihn nach einigem Zögern an seinen Platz zurück. Die gleiche Prozedur wiederholte er mit einem zweiten Bauern, einem Läufer, einem Turm und einem dritten Bauern. Keine der Spielfiguren erregte offenbar sein Interesse, und während er den letzten Bauern zwischen Daumen und Zeigefinger hin und her rollen ließ, hob er zum erstenmal seinen Kopf, so daß das Licht ihm direkt ins Gesicht schien. Die blaßblauen Augen sahen mich unverwandt an, schauten durch mich hindurch. Sofort erkannte ich sie. Sie hatten den gleichen Ausdruck wie die meinen, sprachen dieselbe geheimnisvolle Sprache, richteten sich auf dasselbe dunkle Ziel.

Mit einem Seufzer stellte er den Bauern auf das schwarze Quadrat in der äußersten rechten Ecke zurück. Er spreizte die Hand mit den schmalen Fingern, so daß ihr Widerschein einen Schatten auf die Spielfiguren warf, und schaute mich ein weiteres Mal scharf an. Ich sagte mir, daß er sich absichtlich so verhielt, um meine bereits angespannten Nerven noch weiter zu zerrütten. Das war überflüssig. Ich wußte, was passieren würde und wer er war. Unser Zusammentreffen sollte meine erste und letzte Begegnung mit dem Mann sein, der als Herr Sandemann auftrat. Sie mußte nicht zwangsläufig mit meinem Tod enden, trotzdem war ich starr vor Schreck.

Schließlich hörte er auf, seine Finger wie Schmetterlingsflügel zu bewegen. Er griff nach den Spielfiguren, packte die weiße Dame und hielt sie ins Licht. Dann stellte er sie auf die Mitte des Brettes, Angriffen aus allen Richtungen ausgeliefert. Die kleine Figur, filigran geschnitzt, sah aufsässig aus. Sie stand da, völlig isoliert, als warte sie auf gewagte Unternehmungen. Mein Gastgeber räusperte sich und ergriff das Wort. Ich horchte auf den Tonfall seiner Stimme. Er war weich, und in ihm mischten sich Melodien und Laute aus allen Sprachen dieser Welt. Niemand hätte sagen können, welcher Nationalität er angehörte. Doch es bestand kein Zweifel daran, wer er war. Seine Hand schloß das Schachbrett, den Raum und die Welt dahinter ein, und er fragte liebenswürdig, ob mir die Spielregeln bekannt seien. Ich hatte weder die Kraft noch die Lust, seine Frage zu beantworten. Was hätte ich auch sagen können? Wir wußten beide, daß mein Schachzug bereits ausgeführt war.

Verärgert über mein beharrliches Schweigen, hob Sandemann die weiße Dame wieder hoch und riß ihr mit einem starken Ruck den Kopf vom Rumpf. Ein leichtes Knirschen, und der kleine, kugelige Kopf rollte über das Brett. Er fiel den Tisch hinunter auf den Fußboden. Dort drehte er sich immer schneller im Kreis und zeichnete die sonderbarsten Arabesken auf den dunklen Teppich. Ich war wie zu Eis gefroren und beobachtete die Bewegungen des Kopfes. Seine bizarren Kreise keine Sekunde aus den Augen lassend, erhob ich mich aus dem Sessel und legte mich auf den Boden. So konnte ich alle Kapriolen verfolgen, die er vollführte. Dann muß ich eingeschlafen sein.

Als man mich holte, war alles verändert. Sandemann hatte den Raum verlassen, die Bücherregale waren zur Seite geschoben worden und gaben den Blick auf große Fenster frei. Strahlendes Sonnenlicht durchflutete das Zimmer, und ein junger, sorgfältig gekämmter Mann erklärte zwei Krankenwagenfahrern, man habe eine Ausnahme gemacht, aber nun seien die Behörden an der Reihe. Freundlich, aber bestimmt half er mir auf, und bevor wir auseinandergingen, legte er mir die Hand auf den Arm, schaute mir in die Augen und flüsterte, daß ich mir keine Sorgen machen solle, da ich nun alle Zeit der Welt hätte, die Spielregeln zu lernen. Es war der fünfzehnte Februar, halb fünf Uhr nachmittags. Ich blickte zurück zum »Hotel Libra« und sah den Portier, der das Licht hinter dem Schild einschaltete. Die beiden Waagschalen, in denen eine Feder und ein grüner Skarabäus lagen, leuchteten auf.

# TETRACHLORKOHLENSTOFF

KOPENHAGEN, 21. FEBRUAR 1997

Das Besondere war schon immer selten und klein; reine Komplexität war niemals mehr als Mittelmaß. Nicht selten hat der Widerspruch, alles umfassen zu wollen und dabei nichts zu begreifen, große Männer zu Fall gebracht.

Ich selbst habe mich immer für das Kleine interessiert und bin voller Bewunderung für Menschen, die die Kraft haben, sich ein Leben lang mit Miniaturen zu beschäftigen. Ich besitze diese Stärke nicht, aber ich habe die Menschen studiert, die sich mit der Besessenheit eines Eroberers einer Briefmarkensammlung, einer Eisenbahnanlage, dem Bau von Flaschenschiffen oder Bibliotheken verschrieben haben. Als ich vor ungefähr einem Jahr Erik Bäcklund kennenlernte, war ich seit langem mit den Obsessionen von Sammlern vertraut, aber ich fand es empörend, daß ein junger, gebildeter Mann wie er beschlossen hatte, sein Leben ausgerechnet dem Studium von Käfern zu widmen.

Erik wußte alles über die zur Gattung der *Coleoptera* gehörenden Insekten. Er bedauerte nur, daß sie nicht wie Adlerz' berühmte Grabwespen ihre Instinkte abgelegt hatten, um eine symbiotische Beziehung zu ihrem Wirt herzustellen. Seine Beschäftigung mit den Käfern ging – wie er mir am Anfang unserer Bekanntschaft und mit ernster Miene erklärte – über das Maß eines normalen Interesses hinaus. Käfer waren seine große Passion.

Dieser Passion zum Trotz dauerte es nicht lange, bis ich in seinen Alltag einbrach und zu einem unentbehrlichen Bestandteil seines Lebens wurde. Einige Wochen nach unserer ersten Begegnung zog ich in seine Wohnung ein. Erik hob damals nur erschöpft die Schultern und bedachte mich mit einem traurigen Blick, als wollte er so auf das Meer von Unverständnis deuten, das zwischen uns lag, als glaubte er, zwei Menschen mit so andersgearteten Interessen und Qualitäten könnten nicht zusammenleben. Doch er irrte sich. Im Grunde verband uns das gleiche Interesse, wenn auch auf eine unterschiedliche Art und Weise, und unsere Schicksale lenkte ein und dieselbe unerschütterliche Hand. Er wußte nichts davon und war gelegentlich wie gelähmt von dem Gefühl der Irritation, das mitunter aufkommt, wenn man einen anderen Menschen vorbehaltlos in sein Leben eindringen läßt.

Obwohl Erik über dreißig war, hatte er offensichtlich noch nie mit einer Frau geschlafen. Nun erlag er bedingungslos allen natürlichen Leidenschaften seines Körpers, und als sich die erste Schüchternheit gelegt hatte, erwies er sich als guter und rücksichtsvoller Liebhaber. In dem engen Schlafalkoven, in den wenig Licht drang, genossen wir etliche Sommernächte lang aufregenden Sex. Und wir hätten ewig so weitermachen können, wenn Erik nicht eines Tages verkündet hätte, daß unser Liebesleben seine Arbeit beeinträchtige. Mit dunklen Ringen unter den Augen erklärte er, ich müsse versuchen, die Bedeutung seiner derzeitigen Untersuchung zu verstehen und zu respektieren, auch wenn ich niemals sein Interesse an den Käfern teilen würde. Natürlich sah ich das ein und hörte auf, ihn während eines Experiments oder einer Bestandsaufnahme zu stören. Ich hielt ihn nachts auch nicht mehr vom Schlafen ab, so daß er jeden Morgen ausgeruht aufstehen und sich seiner Arbeit widmen konnte.

Tagsüber hielt sich Erik in dem Zimmer auf, das wir Wohnzimmer nannten, obwohl es das einzige Zimmer war, das es gab, abgesehen von der Küche, dem Schlafzimmer und dem winzigen Flur. Im Wohnzimmer hatte er seinen Arbeitsplatz, sein Laboratorium und seine Glaskästen. Es gab dort nichts, was nicht mit seinem absonderlichen Faible zusammenhing. Massive Bücherregale mit entomologischer Literatur füllten zwei Wände. Sein großer Schreibtisch stand eingezwängt zwischen den Regalen und Büchern, darauf sein Mikroskop und die dazugehörigen Färbeflüssigkeiten, Pipetten, Glasträger und Präparate. Vor der dritten Wand befand sich die moosgrüne Polstergruppe, auf der wir abends gewöhnlich eine Kanne Tee tranken. Über dem Sofa hingen eine Menge Kupferstiche und Drucke mit Abbildungen unterschiedlicher Käfer. Das einzige Fenster des Zimmers zeigte auf einen düsteren Hinterhof. Vor ihm drängten sich staubige Wurmnäpfe, zusammen mit einem schon lange versandeten Aquarium. Unzählige Terrarien standen an strategisch geeigneten Stellen im Zimmer und zwischen den Büchern im Regal. In ihnen lebten die Käfer.

Sie gehörten alle zur selben Gattung: groß, schwarz, glänzend und mit drei spitzen Hörnern auf der Stirn. Ihr lateinischer Name, der auf blaßgelben Etiketten an den Terrarien prangte, war *Minotaurus G. Typheus*. Das »G« stand für Giganteus, was gewaltig, mächtig, überdimensional bedeutete. Minotaurus ist der Name des Stieres in dem kretischen Labyrinth und Typheus der eines hundertköpfigen Riesen. Laut der Expertenkommission ist diese Riesenvariante des gewöhnlichen *Minotaurus Typheus* inzwischen dermaßen selten in der Natur anzutreffen, daß er als nahezu ausgerottet bezeichnet werden kann. Wie Erik an eine so überwältigend große Anzahl dieser Exemplare gelangen konnte, war mir ein Rätsel. Ich glaube, er besaß bis zu dreihundert Stück.

Erik versuchte mich mit seiner Begeisterung anzustecken. Er erzählte mir von der griechischen Sage, nach der das Insekt benannt worden war. Ich konnte nie einen Zusammenhang zwischen dieser schrecklichen Geschichte und der friedfertigen Lebensart der trägen Käfer herstellen. Außerdem ärgerte es mich, daß Erik versuchte, die Angelegenheit mit Hilfe der griechischen Mythologie spannender zu machen, als sie war. Ich war davon überzeugt, daß nichts in der Welt mich dazu bewegen konnte, an diesen ekelhaften Viechern Gefallen zu finden.

Erik dagegen konnte nicht aufhören, mir ständig die Einzigartigkeit seines Projektes vor Augen zu führen und mir ausführlich zu erklären, welche minutiös geplanten Maßnahmen erforderlich waren, um die sensiblen Insekten am Leben zu erhalten. In Terrarien und Gläsern mußten sie sich auf allerengstem Raume dicht zusammendrängen. Und sie forderten in der Tat Eriks Aufmerksamkeit. Ständig gab es etwas zu begießen, zu lüften oder zu füttern, die Terrarien mußten gereinigt, die frischgeschlüpften Insekten gewogen, vermessen und markiert, die Puppen gewendet und gewärmt, die Eier befeuchtet und gezählt und die alten Käfer gehegt und gepflegt werden.

An den Zahlen, die Erik in einen respekteinflößend dicken Aktenordner eintrug, war abzulesen, ob er etwas versäumt oder vergessen hatte. Dieses Zählen, Rechnen und Kontrollieren dauerte den ganzen Tag. Die optimale Balance zwischen Temperatur und Luftfeuchtigkeit war extrem wichtig für den Fortbestand der Käfer. Erik hatte dafür ein Meßgerät installieren lassen, das blaue Lichtsignale von einer Ecke im Zimmer aussandte, wenn etwas justiert werden mußte.

Luftbefeuchter, Wärmethermostat, Kaltluftventilator und künstliches Infrarotlicht wetteiferten darum, die optimalen Lebensbedingungen zu schaffen. In der Natur vegetierten sie etliche Meter unter der Erdoberfläche in langen Gängen, und Erik war besessen von der Idee, ihre Lebensbedingungen innerhalb der Wohnung zu rekonstruieren. Das Klima war nahezu tropisch, und dem Dunkel hinter dem Sofa entwich ab und zu ein süßlicher, leicht muffiger Geruch. Er hatte seinen Ursprung in den getrockneten, runden Exkrementkugeln, von denen sich die Käfer ernährten – Erik versteckte sie sorgsam vor Besuchern in Pappkartons, die unangenehm riechende Duftschwaden und unzählige Schwärme kleiner, farbloser Fliegen verbreiteten.

Erik empfing niemals Gäste und ging nur selten ans Telefon. Um unvorhergesehene und zeitraubende Gespräche zu vermeiden, hatte er seinen nächsten Bekannten ein Kodierungssystem geschickt. So konnte er anhand der Kombinationen von Klingelzeichen heraushören, wer gerade anrief, und daraufhin entscheiden, ob er den Telefonhörer abnahm oder nicht. Ich hielt diese Maßnahme für vollkommen überflüssig, schließlich konnte man die Anrufe an den Fingern einer Hand abzählen. Einmal rief jemand aus dem Vorstand der Société Sciéntifique d'Entomologie an, um sich nach dem Fortgang der Arbeit zu erkundigen, ein anderes Mal waren es Kollegen aus dem Coleopteraklub, die Galatheabrüder oder ähnliche wissenschaftliche Gesellschaften, in denen Erik Mitglied war. Sie meldeten sich, um einen Rat oder eine Antwort auf fachspezifische Fragen zu bekommen. Gab ein abgewiesener Kollege auf und stand statt dessen vor der Tür, zögerte Erik nicht lange und wies wütend darauf hin, daß er sich in einer entscheidenden Dissektion befinde und sich unter gar keinen Umständen dabei stören lassen wolle. Wenn der Besucher nach einer Weile wiederkam, schickte er mich mit Ausreden an die Gegensprechanlage, er schlafe, sei krank, verreist oder aus anderen Gründen nicht zu sprechen. Einige der Telefonanrufer verrieten sich durch normales, regelmäßiges Klingeln als unbekannte Personen, die nicht in den Kreis der professionellen Insektenforscher gehörten. Erik nahm so einen Anruf nur ein einziges Mal an. Der Anrufer, der sich verwählt hatte, spielte aus verschiedenen Gründen in unserer Geschichte eine entscheidende Rolle. Später werde ich darüber berichten.

Erik war also ein zurückgezogen lebender Mann. Seine Abneigung gegen das Telefon hielt ich für eine seiner lästigsten Eigenschaften. Wer ihn erreichen wollte, schrieb ihm am besten eine Nachricht auf, oder er ließ es bleiben. Die Briefe, die in unserem Postkasten lagen, waren genauso belanglos wie die telefonischen Anfragen der Kollegen. Sie enthielten meistens eine Reihe unendlich trister wissenschaftlicher Erörterungen oder hochtrabende Einladungen zu Kongressen und Seminaren. Erik sträubte sich auch, seine Post zu lesen, und beantwortete nur die Briefe der Fonds, die uns finanziell unterstützten. Seine Antworten formulierte er sehr kurz und ausweichend, aber er wies stets darauf hin, daß die Arbeit am *Minotaurus G. Typheus* langsam vorangehe, das endgültige Ergebnis noch einige Jahre auf sich warten lasse und weitere Gelder zur Verfügung gestellt werden müßten. Als ich ihn fragte, wann er das letzte Mal Besuch gehabt habe, konnte er sich nicht mehr erinnern, ob es vier, fünf oder sogar schon sechs Jahre her war. Damals war ein starrköpfiger Repräsentant des Dr.-Müller-Fonds für mittellose Entomologen unerwartet aufgetaucht. Dieser Mann hatte die Einstellung der Zahlungen angedroht, falls Erik ihm verbieten sollte, mit eigenen Augen zu beurteilen, ob die Arbeit voranschritt. Angesichts eines solchen Ultimatums blieb Erik nichts anderes übrig, als ihm widerwillig Zutritt zu gewähren. Doch bereits kurz hinter der Wohnungstür schienen den Repräsentanten Gewissensbisse zu plagen, denn er entschuldigte sich und verließ die Wohnung, ohne auch nur den Bruchteil der Studie begutachtet zu haben. Der Fonds überwies weiterhin jeden Monat Geld und hatte offensichtlich kein Interesse mehr daran, jemanden vorbeizuschicken. Das war das letzte Mal, daß Erik Besuch bekommen hatte.

Der einzige Kontakt, den Erik zur Außenwelt pflegte, war ein seltsamer Brieffreund, der ihm kurz nach meinem Einzug beschert worden war und den er aus unerfindlichem Grund liebgewonnen hatte. Es handelte sich um einen jungen Mann in seinem Alter. Sie hatten sich bei dem erwähnten falsch verbundenen Anruf kennengelernt. An dem Gespräch war eigentlich nichts Ungewöhnliches: Als Erik, entgegen seiner Gewohnheit, den Hörer des beharrlich klingelnden Apparates abnahm, fragte ihn eine freundliche Stimme mit merkwürdigem Akzent, wie es ihm gehe. Da Erik keine Antwort gab, stellte sich der Mann am anderen Ende als Sandemann vor. Nachdem weitere Sekunden schweigend verstrichen waren, begriff Sandemann, daß er die falsche Nummer gewählt hatte, und der Irrtum konnte geklärt werden. Es stellte sich heraus, daß Erik einen Namensvetter auf der anderen Seite des Sundes besaß und daß die internationale Telefonauskunft nicht richtig verstanden hatte, nach wem gefragt worden war. Sandemann erhielt eine Nummer in Kopenhagen, während sein Erik Bäcklund in Malmö wohnte. Vielleicht weil die Verwechslung so merkwürdig zustande gekommen war, fanden die beiden Männer Gefallen aneinander. Sie unterhielten sich eine gute Viertelstunde, bevor

Erik sich an seine Arbeit erinnerte und pflichtbewußt das Gespräch beendete.

Dieses kleine Versehen wäre folgenlos geblieben, wenn der Zufall es uns nicht wieder ins Gedächtnis gebracht hätte. Ein paar Wochen später landete ein dickes Bündel Post auf dem Boden im Flur, das an einen Erik Bäcklund in der Stora Nygatan in Malmö adressiert war. Auf dem Bündel klebte eine Benachrichtigung, daß die Briefe dem Empfänger von Malmö nach Kopenhagen nachgeschickt worden seien. Da es sich bei den meisten Sendungen um unbezahlte Rechnungen und Mahnbescheide handelte, glaubte Erik, daß sein unbekannter Namensvetter fluchtartig Malmö verlassen hatte, ohne der Post seine neue Adresse mitzuteilen, und die Post nun meinte, sie habe ihn in seiner Person wiedergefunden. Vermutlich war der Mann kriminell und in den Untergrund abgetaucht. Meine Vermutungen gingen in ganz andere Richtungen. Doch ich konnte sie Erik unmöglich mitteilen, schon gar nicht, was die Ursache der vermeintlichen Flucht anging. Außerdem ist an dieser Stelle meines Berichts nicht die Zeit, Details zu erläutern. Lassen Sie mich nur so viel sagen: Wir alle haben einen Namensvetter, mitunter sogar mehrere. Für Erik war die Verwechslung nur ein Kuriosum, dessen verhängnisvolle Bedeutung ihm zum Glück verborgen blieb.

Seine Annahme bezüglich der Post erwies sich als durchaus zutreffend, da wir am folgenden Tag einen Zahlungsbescheid erhielten, dessen Summe angeblich die Kosten für »Umzug und Nachsendung« deckte. Erik sammelte jeden Brief, der seinem Namensvetter gehörte, in einem kleinen Karton und nahm sich vor, die Post schnell zu benachrichtigen, um die ärgerliche Verwechslung zu klären. Sein Unmut oder seine Angst vor einem Gewirr von Rechtsstreitigkeiten führten allerdings dazu, daß die Briefe Tag für Tag,

Woche für Woche in dem Karton liegenblieben, ohne daß Erik mit ihnen zur Post ging. Er kam einfach nicht dazu. Wegen seiner Unentschlossenheit von einem schlechten Gewissen geplagt, entschloß er sich beschämt, die Gebühren für die Nachsendungen der Post des Schweden Erik Bäcklund zu bezahlen. Die Summe deckte die postalischen Dienste eines Jahres, von dem die ersten vier Monate bereits vergangen waren. Folglich standen noch acht Monate aus.

Erik empfing also weiterhin Briefe und Rechnungen, die an seinen schwedischen Namensvetter gerichtet waren. Anfangs legte er sie in den kleinen Karton, fest entschlossen, sie eines schönen Tages dem rechtmäßigen Eigentümer zu übergeben. Doch als keine Briefe mehr in den Karton paßten, erlaubte er sich, die nachgesandte Post zu öffnen, um – sozusagen – das Entbehrliche vom Unentbehrlichen zu trennen. Die Rechnungen, die sein Namensvetter offenbar nicht bezahlen wollte, landeten unverzüglich im Müllschlucker, genau wie Reklame und Post von Behörden. Einige Briefe waren jedoch interessanter. Der andere Erik Bäcklund schien, nach dem, was diesen Briefen zu entnehmen war, ein begabter und anerkannter Schachspieler zu sein. Vielleicht sogar ein Elitespieler. Die Briefe trugen Stempel aus allen Teilen der Erde, und sie waren in einem respektvollen, nahezu unterwürfigen Tonfall verfaßt. Die Absender fragten um Rat, sie wollten Spieleröffnungen und bekannte Partien diskutieren und versuchten manchmal mit einschmeichelnden Sätzen, Persönliches über bestimmte Spieler zu erfahren – ob sie zum Beispiel an einer Behinderung oder einer physischen Krankheit litten, die man im Verlauf einer Partie andeuten könnte, um so die mentale Überlegenheit zu erlangen. Erik schien tatsächlich eine verwandte Seele in diesem Schachspieler gefunden zu haben. Schließlich wußte er aus eigener

Erfahrung, wie ärgerlich es war, mit den Briefen von allerlei Novizen und Stümpern aus den entomologischen Disziplinen belästigt zu werden. In dem besten Glauben, seinem Namensvetter einen echten Freundschaftsdienst zu erweisen, warf Erik die gesamte Post weg und betäubte damit sein schlechtes Gewissen, das ihn plagte, weil er Dinge gelesen hatte, die an einen anderen adressiert waren. Sollte die Angelegenheit jemals ans Licht kommen, wollte er alles abstreiten, und niemand könnte ihm mangelnde Disziplin oder Neugier vorwerfen.

Wir beide dachten, die kuriose Geschichte mit der Verwechslung hätte damit ein Ende, doch eines Tages erhielt Erik eine auffällige Postsendung. Ein dünnes, blaues Kuvert segelte auf den braunen Flurteppich. Es war in Rotterdam abgestempelt worden. Die Leichtigkeit des Umschlags, die symmetrische Plazierung von Briefmarke und Adresse, der ausländische Stempel – alles deutete darauf hin, daß der Brief wieder einmal Schachpost enthielt. Wenn der Absender seinen Namen nicht auf die Rückseite des Umschlags geschrieben hätte, wäre dieser Brief genau wie alle anderen im Müll gelandet. Doch auf dem Kuvert stand mit zierlicher, orientalisch anmutender Handschrift ein Name, der uns bekannt vorkam: Sandemann. Erik konnte nicht widerstehen und öffnete den Brief, um nachzusehen, was der Mann, mit dem er vor einiger Zeit telefoniert hatte, für ein Anliegen haben könnte. Im Umschlag steckte eine hübsche Ansichtskarte mit dem Foto eines spanischen Matadors im Augenblick des Todes. Das Gesicht pietätvoll gen Himmel gewandt, schwebte der Körper einige Zentimeter über dem Erdboden, durchbohrt von dem Horn eines gewaltigen schwarzen Stiers. Auf der Rückseite der Karte stand: *Schande über den, der nach dem ersten Versuch aufgibt! 1.e4*. Die Postkarte war von Herrn

Sandemann unterschrieben worden und teilte neben dem Schachzug die Adresse eines Hotels im Zentrum Londons mit. Ohne erklären zu können, was ihn in diesem Moment antrieb, ging Erik am selben Tag in den nächsten Spielwarenladen und kaufte ein billiges Schachbrett. Am Tag darauf hatte er – ich schäme mich, es niederzuschreiben – die Herausforderung angenommen und den ersten Gegenzug auf Sandemanns frivole Einladung zum Korrespondenzschach abgeschickt. Ohne Verdacht zu schöpfen – wie sollte er auch –, hatte Sandemann den Zug beantwortet, und im Laufe der letzten Monate hatten sie via Brief nicht nur eine, sondern bereits mehrere Partien gespielt.

Erik erzählte mir verärgert, daß Sandemann sich schnell als erstklassiger Amateur erwies, der das Spiel durch feige, ausweichende Manöver in die Länge zog und ein ums andere Mal als Verlierer aus der Partie hervorging. Das allein wäre noch nicht schlimm gewesen, wenn er nicht darüber hinaus mit immer kühneren Herausforderungen zur Revanche aufgewartet hätte. Aus Angst, sein fauler Zauber mit der vertauschten Post könnte auffliegen, blieb Erik keine andere Wahl, als Sandemanns Wünschen zu entsprechen und sich bei der Post zu bedanken, daß die Nachsendungen einwandfrei funktionierten. Das leicht gewonnene Schachspiel hatte schon längst seinen Reiz verloren.

Anlaß unseres Gesprächs war eine weitere Herausforderung zum Schachspiel, die wir Ende August von Sandemann erhielten. Auf einer Postkarte mit einem feuerspeienden Vulkan und einem weißen Ibis erreichten uns wohlformulierte Bitten um Revanche. Der merkwürdige Sandemann mit seiner übertriebenen Passion für ein Spiel, das er nicht beherrschte, weckte meine Neugier. Etwas an ihm erschien mir vertraut, vielleicht war es sein Name oder die auffällig weibliche Handschrift? Ich verstand nicht, daß er sich aufrichtig wünschte, das Spiel fortzusetzen, obwohl ihm bestimmt bewußt war, daß er es verlieren würde. Was aber würde geschehen, wenn er einmal der Gewinner wäre? Von der Lust getrieben, Sandemann in Bedrängnis zu bringen, fragte ich Erik, was er davon hielte, wenn er mir die Korrespondenz überließe. Voller Erleichterung, sich nicht mehr mit dem sinnlosen und zeitaufwendigen Spiel befassen zu müssen, stürzte sich Erik in seine Arbeit, und ich spielte probeweise eine Partie. Auf einer nüchternen Postkarte schickte ich den ersten Schachzug meines Lebens mit *1.h5* ab, was bedeutete, daß der rechte seitliche Bauer zwei diskrete Schritte nach vorn tat, in meinen Augen ein zurückhaltender, freundlicher Zug.

Im Zusammenhang mit meiner freiwilligen Verwicklung in die Schach- und Postgeschichte begann sich das Klima zwischen Erik und mir langsam zu verändern. Anfangs hatte ich sein obsessives Interesse für träge Käfer noch skurril gefunden, doch nun entwickelte ich eine ständig wachsende Aversion gegen diese Viecher, die mühevoll aus ihren Terrarien und Gläsern herauskrabbelten. Zu jeder Tages- und Nachtzeit konnte man sie beobachten, wie sie in verschlafen-wackeligem Gang auf dem Rand einer stehengebliebenen Kaffeetasse herumbalancierten oder mit einem ihrer Hörner hinter einem Kissen der moosgrünen Sofagruppe hervorlugten. Oft mußte ich mich sehr zusammennehmen, um die Ausreißer nicht mit einem kräftigen Tritt meines Schuhs zu zerquetschen. Manchmal, wenn Erik mit der Welt unter dem Mikroskop beschäftigt war und nicht bemerkte, was um ihn herum vorging, konnte es passieren, daß ich die Käfer mit einem Aschenbecher zerdrückte und ihre Reste in einer der staubigen Topfpflanzen versteckte, die auf dem Fensterbrett vor sich hin trockneten. Wohl wissend, daß jedes unerklärliche Verschwinden zu zermürbenden Szenen zwischen uns führte, achtete ich darauf, nur die großen Exemplare umzubringen, deren Tod man mit etwas Überredungskunst und guten Argumenten zu einem natürlichen erklären konnte. Bei solchen Gelegenheiten erzählte Erik mir immer, sachlich und mit einem mißtrauischen Blick, von der Metamorphose der Käfer. Er wollte mir damit verdeutlichen, daß sie nicht etwa wachsen, nachdem sie aus der Puppe geschlüpft sind, sondern ihr ganzes Leben lang ein und dieselbe Größe behalten. Die großen Exemplare waren also nicht zwangsläufig die ältesten, und so gab es auch keine natürliche Logik, auf die man hätte zurückgreifen können. Selbstverständlich beteuerte ich meine Unschuld, und Erik gab meistens schnell nach. Er seufzte ergeben und verstummte. Das hinderte ihn allerdings nicht daran, in regelmäßigen Abständen im Staubsaugerbeutel und Abfalleimer zu wühlen, um sicherzugehen, daß nicht versehentlich ein Käfer dort hineingeschlüpft war. Jedes Verschwinden stürzte ihn in abgrundtiefe Depressionen, und er klagte sich wieder und wieder der Verantwortungslosigkeit und Nachlässigkeit an. Wenn die Depressionen nach einigen Tagen nachließen, machte er sich ans Zählen und trug die Ziffern mit einer Besessenheit, die an Fanatismus grenzte, in den Aktenordner ein. In solchen Zeiten sprachen wir nur wenig oder überhaupt nicht miteinander. Ich hielt seine Reaktion für übertrieben, erlaubte mir jedoch keine einzige herablassende Silbe, weil wir die unausgesprochene Abmachung hatten, daß Erik im Gegenzug niemals meine in vielerlei Hinsicht altmodischen Vorstellungen kritisierte.

Ich war und bin immer noch der Ansicht, daß ein Mann für seine Frau zu sorgen hat. Mit einem leichten

Achselzucken übernahm Erik die Aufgabe, die finanziellen Dinge zu regeln, während ich mich mit großem Eifer um die Zubereitung der Mahlzeiten und den Haushalt kümmerte. Diese Arbeiten mochte ich schon immer sehr, denn sie lassen im Schutz der vier Küchenwände Raum für – lassen Sie mich sagen – Kontemplation und Nachdenklichkeit. Der Sommer ging in den Herbst über, und wir sahen mit tiefem Respekt und Verständnis für die persönlichen Eigenschaften des anderen, wie die Bäume ihre Blätter verloren. Keiner von uns wäre auf die Idee gekommen, die eigens für unser Zusammenleben aufgestellten Grenzen zu überschreiten. Wenn Erik sich tagsüber in die Entomologie vertiefte, bereitete ich das Essen für den Abend vor, mit demselben Eifer und Elan, mit dem er seine Experimente vorbereitete. Die Küche blieb meine private Domäne. Dort konnte ich ungestört meinen eigenen Angelegenheiten nachgehen: der Korrespondenz mit Sandemann, dem Putzplan, der Buchführung, und dort konnte ich einige Stunden in Einsamkeit verbringen, was wichtig ist, wenn man in einer Partnerschaft lebt.

Unser in stillschweigendem Einvernehmen aufgeteilter Wohnraum erforderte hygienische Maßnahmen, die auf verheerende Weise die Eintracht unseres Zusammenlebens zerstören sollten. Die Küche enthielt, obwohl sie seit der Jahrhundertwende nicht renoviert worden war, einen Gasherd und einen modernen Kühlschrank. Der restliche Raum war vom Boden bis unter die Decke mit selbstgetischlerten Regalen vollgestellt, als Ausweitung des Laboratoriums, in das das Wohnzimmer mit den Jahren verwandelt worden war. Unter dem Spülbecken lagen die Überbleibsel seines früheren Interesses für Wassertiere, Kartons im Kühlschrank beherbergten Larven in Winterstarre und auf den Regalbrettern drängten sich Konservendosen mit allerlei Chemikalien,

Pulvern und ungesäuberten Utensilien. Hinzu kamen die unzähligen Arten von Ungeziefer, die scharenweise aus dunklen Ecken und Winkeln hervorgekrochen kamen, sobald man ihnen den Rücken zukehrte. Ich fand diesen Zustand gleichermaßen reizvoll wie inakzeptabel, aber eines Tages beseitigte ich meinen Zwiespalt, indem ich kurzerhand alles hinauswarf, was weder mir gehörte noch bei der Küchenarbeit verwendet werden konnte. Erik beobachtete mein Treiben schweigend, jedoch mit einer Miene voller Mißfallen und Melancholie. Denn in dem Moment, in dem ich den Krempel durch die Tür schob, verwandelte er sich in Eriks Bewußtsein zu einem Symbol seines Junggesellendaseins, das unwiederbringlich verloren war, als ich in sein Leben trat. Bei jedem zerbrochenen Kescher, jeder defekten Pinzette oder jedem kaputten Schraubglas, das ich wegwarf, sah er mich flehend an, als wollte er mich erweichen. Selbstverständlich nahm ich keine Notiz von seinen Bitten, und vielleicht war dies das erste Zeichen für das schleichende Ende unserer Zuneigung.

Wenn sich unsere Blicke begegneten, sahen wir uns nicht mehr nur mit Liebe und Vertrauen an. Ein Zug von Kälte und Höflichkeit war hinzugekommen. Als ich nach dem Großreinemachen von Erik die Erlaubnis erzwang, die Küche mit Insektengift aussprühen zu dürfen, um die Scharen von Mehl- oder Speckkäfern im Brotschrank zu bekämpfen, brauste er so heftig auf, daß ich erschrocken meine Forderung zurückzog. Nachdem er sich wieder beruhigt hatte, erklärte er mir, warum ich ein derart starkes Gift unmöglich in unmittelbarer Nähe seiner Minotauruszucht einsetzen könne. Statt dessen half er mir, eine kleine Falle zu konstruieren, die einer Tüte glich und in die die Schädlinge hinein-, aber nicht mehr hinauskrabbeln konnten. Wir füllten die

Falle mit Brot und Marmelade und stellten sie an einer strategisch günstigen Stelle unter dem Spülbecken auf. Die gefangenen Insekten sollte ich wie eine barmherzige Samariterin zum Hinterhof hinauslassen, so daß sie sich – »sofern das Schicksal es will«, wie Erik sich ausdrückte – eine andere Bleibe suchen konnten. Diese Milde war mir zuwider. Ekelerfüllt packte ich jede Woche die kleine Tüte, ging hinunter auf den dunklen Hinterhof und schüttete das Ungeziefer in einen mit konzentriertem Äther gefüllten Behälter. Im Laufe meines Lebens sind mir eine Menge seltsamer Männer begegnet, und Schritt für Schritt habe ich herausgefunden, wie man in schwierigen Situationen am besten mit ihnen umgeht. Eine bewährte Regel lautet: Lüge nie, aber sage auch nicht die ganze Wahrheit!

Die Arbeit am *Minotaurus G. Typheus* schritt stetig voran und sollte, wenn ich Erik richtig verstanden hatte, in einer Abhandlung für die bedeutungsvolle Société Scientifique d'Europe ihren Höhepunkt finden. Er strebte keine internationale Karriere an, aber er hoffte, mit seiner Forschung einem hervorragenden Wissenschaftler aus dessen wirtschaftlicher Notlage zu helfen. Einige Kollegen, die mit viel Neugierde sein Ziel verfolgten, klingelten oft an der Tür. Natürlich ließen wir sie nie herein, sondern fertigten sie mit der Lüge ab, daß Erik schlafe oder äußerst beschäftigt sei. Ironischerweise steckte in der Behauptung ein Körnchen Wahrheit: Erik saß oft zusammengesunken über seinem Mikroskop oder lag ausgestreckt auf dem Sofa, unfähig, sich zu bewegen. Der Druck, in naher Zukunft eine fertige Arbeit vorlegen zu müssen, und dazu die langen, dunklen Herbstabende hatten seine Kräfte verbraucht. Ich stellte fest, daß sogar emotionale Gespräche ihn ermatteten. Offensichtlich hatte der Wandel vom verantwortungsfreien Junggesellen zum Ernährer eines Haushalts sein Gemüt zu sehr belastet. Er wollte keinen Fuß mehr in die inzwischen äußerst wohnliche Küche setzen, und unsere Diskussionen darüber, was in einem Haushalt gut und was schlecht sei, endeten immer mit seiner teilnahmslosen Zustimmung zu allem, was ich sagte. Entschlossen, gute Miene zum bösen Spiel zu machen, und vielleicht ein wenig ermüdet von meiner Dominanz, fand er sich mit allem ab, wie radikal es auch sein mochte. In gewisser Hinsicht schien es, als hätte er durch mich schließlich gelernt, ein normaleres Leben zu führen.

Eriks Sicht auf die Welt war insgesamt eine spezielle. In seinen Augen besaß jedes Lebewesen die gleiche Berechtigung zu leben. Vermutlich war das die Erklärung, warum er seinen Käfern und deren Bedürfnissen genausoviel Zeit widmete wie mir, und wahrscheinlich lag hier auch die Ursache für sein mangelndes Interesse an umwälzenden Ereignissen in der Welt und in seiner unmittelbaren Umgebung. Er glaubte bis zu seinem Tod, daß das Schicksal im Herzen eines jeden Menschen festgeschrieben sei und daß uns, was auch immer wir täten, nichts von diesem vorgegebenen Weg abbringen könne. Das Schicksal – einem solchen Argument kann man nichts entgegensetzen. Nachdem ich versucht hatte, Erik in einigen wenigen Fragen, auf die er sich nicht einlassen wollte und die er gewohnheitsmäßig mit einem Achselzucken beantwortete, zur Vernunft zu bringen, erkannte ich, daß ich die Sache selbst in die Hand nehmen mußte, und fing an, hinter seinem Rücken aktiv zu werden. Ich spiele damit auf das Ungeziefer an.

Das Ungeziefer hatte sich, nachdem es aus der Küche verbannt worden war, im Schlafzimmer angesiedelt. Laut Eriks Lexikon handelte es sich um harmlose Tierchen, trotzdem schüttelte es mich jedes Mal vor Ekel, wenn ich das Bett abzog und ein Dutzend behaarter Larven, in embryonaler Haltung zusammengerollt, darauf wartete, daß sich Hausstaub über sie legt. Dank meiner unermüdlichen Kriegsführung gegen den Schmutz gab es in der ganzen Wohnung keinen Staub mehr – weder unter dem Bett noch anderswo –, was die kleinen Viecher nur noch deplazierter erscheinen ließ. In jedem Fall beschloß ich, daß sie weg mußten, und Erik – der für einen Entomologen manchmal erstaunlich wenig über Schädlinge wußte – machte den dummen Vorschlag, wir sollten den Fußboden mit Meersalz und grüner Seife wischen. Ich hatte nicht die Absicht, seinen Rat zu befolgen, sondern holte aus einem Versteck in meiner Küche die geächtete Dose mit dem Insektengift hervor und schüttete ihren gesamten Inhalt unter das Bett.

Mir ging es darum, Grenzen auszuloten, weil ich beobachten wollte, was ein Paar aushält – und ich begriff, daß ich mit der Benutzung des Insektengifts die Grenze gefunden und überschritten hatte. Als Erik die toten Larven entdeckte, brauste er auf wie nie zuvor und bekam einen Tobsuchtsanfall. Er fuchtelte mit den Armen, schwitzte fürchterlich und beschuldigte mich auf das heftigste, ich würde seine gesamte Käferkolonie gefährden. Wild gestikulierend erklärte er, daß nicht nur das Ungeziefer – im Lexikon als *Gemeiner Pelzkäfer* bezeichnet – an dem Gift, das ich benutzt hatte, eingehe, sondern auch Fliegen, Milben, Spinnen und, was am schlimmsten sei, seine Käfer. Das Mittel befalle das Nervensystem aller Kleinlebewesen – vom Marienkäfer bis zur Fliege – und verursache, wie er mir in düsteren Bildern veranschaulichte, den qualvollen Tod sämtlicher Arten, möglicherweise mit Ausnahme der extrem robusten Kakerlaken. Sein unbeherrschtes Wüten erschreckte mich, ich bat kleinlaut um Entschuldigung für das überstürzte Vorgehen und versprach, alles wiedergutzumachen, indem ich jeden einzelnen Krümel Gift wegwischte. Gemeinsam lüfteten wir die Wohnung und schrubbten die Fußbodendielen unter dem Bett. Abends kochte ich stundenlang ein Versöhnungsessen, während Erik im Wohnzimmer saß, um – zum hundertsten Mal – seine Kolonie zu inventarisieren.

Die aufrichtige Reue, die ich ihm so glaubwürdig vorgetäuscht hatte, war eine Lüge. Ich hatte nicht die Absicht, in Fragen des Haushalts nachzugeben, und nachdem ich nun herausgefunden hatte, wie effektiv das Gift war, kaufte ich ein ganzes Sortiment an Dosen und versteckte sie hinter den Haferflocken und Ananaskonserven. Während meiner täglichen Putzrunden sprühte ich heimlich die Stellen ein, die für Schädlinge besonders attraktiv waren. Ich begann mit geringen Mengen und steigerte die Dosis langsam, so wurde der süßliche Duft von Tetrachlorkohlenstoff zum natürlichen, für Eriks Nase nicht wahrnehmbaren Bestandteil unseres Haushalts.

Einige Zeit später entschuldigte er sich für den heftigen Wutausbruch. Er versicherte mir, daß solche Ausfälle nicht charakteristisch für ihn seien, und versprach, nie wieder aufzubrausen. Mit demütig gekrümmten Fingern streichelte er mir über die Wange und nannte mich ein kleines Dummerchen, das von Insektengiften oder toxischen Reaktionen keine Ahnung habe, das er aber genauso liebe wie bisher, wenn nicht sogar noch mehr. Gleichzeitig nutzte er die Gelegenheit, um ein weiteres Mal und in höchst schwülstigen Tönen die Bedeutung seiner Arbeit zu erläutern. Er sprach von seinem »Werk«, seiner erfolgreichen Studie, und gab zu, daß sein Leben jeden Sinn verlöre, wenn der Käferkolonie etwas zustoßen sollte. Sein ganzes Dasein käme ihm dann töricht und geistlos vor, und alle Anstrengungen wären vergebens gewesen. Ich stimmte ihm zu, aber erinnerte ihn daran, daß wir uns momentan über konkretere Probleme Gedanken machen sollten.

Vor einiger Zeit hatte ich einen freundlichen, aber kurzgehaltenen Brief aus Moskau bekommen, in dem Sandemann nach meinem nächsten Zug gefragt hatte. Meine Antwort hatte sich verzögert, da Erik und ich lange Diskussionen über unsere gewagte Schachkorrespondenz geführt hatten. Wir hatten überlegt, ob Eriks Namensvetter etwas Schlimmes zugestoßen sein könnte. Vielleicht war er gar nicht kriminell, sondern hatte einen schweren Unfall erlitten. Wir befürchteten, uns strafbar zu machen, wenn wir diese Verdachtsmomente nicht der Polizei mitteilten. Ich rief Erik in Erinnerung, daß er sich bereits eines Vergehens schuldig gemacht habe, als er unter falschem Namen den Betrag für den Nachsendeantrag eingezahlt hatte. Außerdem sei es strafbar, die Post anderer Leute zu lesen, man werde seine Tat vermutlich als Diebstahl einstufen. Erik schien nicht allzu besorgt – schließlich war der Name nicht im eigentlichen Sinne falsch. Er machte den Vorschlag, Sandemann unser Vergehen zu gestehen und ihm gleichzeitig mitzuteilen, daß seinem Freund etwas passiert sei. Aber was sollten wir tun, falls Eriks Namensvetter tatsächlich etwas Schlimmes zugestoßen war, wenn er lebensgefährlich erkrankt oder womöglich schon tot war? Unser kleines Vergehen würde in so einem Fall wie ein perverser Scherz aussehen und Repressalien größeren Ausmaßes nach sich ziehen. Wir kamen zu keinem Entschluß, sondern fielen nach der Diskussion in einen Lähmungszustand und ließen vor lauter Erschöpfung alles weiterlaufen wie bisher. Allerdings hofften wir beide, daß die Probleme sich von selbst lösten, wenn wir nicht länger darüber nachdächten.

Als der freundliche Brief ankam und unser taktisches Vergessen störte, beschloß Erik, daß wir der tragikomischen Verwechslung schnellstmöglich ein Ende machen müßten. Er befahl mir, meine neuerworbenen Kenntnisse im Schach einzusetzen, damit wir uns so schnell wie möglich aus dem Spiel manövrierten und dem ständigen Verlierer Sandemann das Glück gönnten, einmal als Sieger aus einer Partie hervorzugehen. Das alles durfte nicht überhastet, sondern mußte unauffällig passieren: Sandemann sollte uns am Ende, überzeugt von seinem Genie, voller Triumph seinen letzten Zug schicken können und so dem Teufelskreis entronnen sein, nach jeder Niederlage Revanche fordern zu müssen. Vielleicht, so hofften wir, würde er den Geschmack an unserem Spiel verlieren, wenn er erst einmal gewonnen hätte.

Mir persönlich paßte Eriks Vorschlag nicht. Anfangs hatte ich zwar genauso gedacht, doch inzwischen genoß ich das Spiel mit Leib und Seele und fand es erniedrigend, mich schlechter machen zu sollen, als ich tatsächlich war. Die vielen langen Stunden, die ich jeden Tag in der Küche verbrachte, während Erik an seiner Arbeit saß, vergingen wie im Fluge, wenn ich mich mit dem Schachbrett beschäftigte. Das Spiel war meine einzige Zerstreuung, und etwas an meinem Gegenspieler – seine ausweichende Spielführung, seine gepflegte Handschrift und seine kurzgehaltenen Mitteilungen – faszinierte mich mehr, als ich zugeben wollte.

Als ich eines Tages das Brett versehentlich umwarf und alle Briefe Sandemanns hervorholen mußte, um die Aufstellung zu rekonstruieren, fiel mir ein amüsantes Detail auf. Sämtliche Postkarten zeigten, wenn man sie umdrehte, grauenhafte Szenen. Sie stellten Christus am Kreuz dar, Salome mit dem abgeschlagenen Kopf von Johannes dem Täufer, den sterbenden Cäsar in den Armen seines Freundes und

Mörders, Delila mit Samsons blutigem Haupt oder, was am schrecklichsten war, elegante Matadore in einem aussichtslosen Kampf gegen gewaltige Stiere. Sandemann wählte die Motive ganz offensichtlich mit Bedacht aus. Die düsteren Bilder, die meistens von Betrug, Trauer und Enttäuschung kündeten, erschienen mir wie der Hilferuf eines einsamen Menschen. Ich sah einen liebebedürftigen Jüngling vor mir und stellte mir vor, daß er zu den einfühlsamen, introvertierten Männern gehörte, die nach außen hin den kühlen Intellektuellen verkörpern, während sie in ihrem Inneren eine unergründliche Todessehnsucht nähren. Mit anderen Worten: Ich erkannte hinter Sandemanns Wahl der Postkartenmotive einen potentiellen Selbstmörder, und bekümmerten Herzens schickte ich meinen nächsten Schachzug ab; den ersten aus einer Serie kalkulierter Ungeschicklichkeiten, die zu meiner Niederlage führen sollten.

Erik blühte für kurze Zeit auf, aus Erleichterung, einen Ausweg aus der verzwickten Lage gefunden zu haben, und schien all die Energie zurückzuerlangen, die ihn die dunklen Herbstabende gekostet hatten. Als mit dem Winter das Licht jedoch noch weniger wurde und kleine weiße Schneewehen anfingen, sich an den Fensterscheiben emporzuarbeiten, kehrte sein Trübsinn um so heftiger zurück. Ich war mit Putzen und anderen Pusselarbeiten beschäftigt, und so fiel mir nicht auf, daß sich die klimatischen Veränderungen auch in unserer Wohnung bemerkbar machten und Erik seine Angewohnheit, in Gedanken versunken auf dem Sofa zu liegen, in stärkerem Maße als bisher angenommen hatte. Eines Abends, als wir beim Tee saßen, erklärte er mir den Grund für seine Teilnahmslosigkeit. Er zog den großen Aktenordner aus dem Bücherregal, den ich normalerweise nie zu sehen bekam, und sagte, er müsse mir etwas zeigen. Ein

Außenstehender konnte aus der Masse an Zahlen, die darin aufgelistet waren, nichts Konkretes ablesen, aber ich erkannte an Eriks besorgter Miene den Ernst der Situation. Mit seinem dünnen Füllfederhalter zeigte er mal auf diese, mal auf jene Ziffer, begleitet von wortreichen Erläuterungen. Als der Stift über einer Reihe kleiner, schwarzer Kreuze schwebte, bestand kein Zweifel mehr: Ein paar Käfer waren vergangene Woche aus unerklärlichen Gründen gestorben, und nun befürchtete Erik, daß seine Kolonie von einer Epidemie befallen sei. Außerdem litten viele andere unter einer mysteriösen Krankheit: Sie waren apathisch, verweigerten die Nahrungsaufnahme und zeigten kein Interesse an nächtlichen Spaziergängen oder partnerschaftlichem Nestbau. Die Krankheit schien überwiegend Männchen zu befallen. Erik hatte sich überlegt, daß vielleicht etwas mit dem Futter nicht stimmte. Beispielsweise könnte es mit Darmparasiten oder toxischen Mikroben versetzt sein, wie im Fall von Karlmann Hitzgers Nashornkäfern. Hitzger beschrieb in einer Studie ein ähnliches Leiden, das ausschließlich Männchen befällt und vor allem im Winter auftritt, wenn die empfindlichen Bakterienkulturen durch den Temperaturrückgang leicht aus der Balance geraten. Vielleicht war ein Defekt am Meßaggregat aufgetreten, so daß die Luftfeuchtigkeit sich dramatisch verändert hatte, oder Erik war von dem ägyptischen Handelsvertreter, dem er große Summen bezahlte, damit er ihn mit frischem ägyptischem Kuhdung belieferte, betrogen worden. Erik redete eher mit sich selbst als mit mir, schien jedoch dankbar zu sein, daß er sein Problem mit jemandem teilen konnte. Ich merkte, daß ihm seine Sorge sehr zusetzte, es ihm aber schwerfiel, die Sache entschieden zu bekämpfen. »Wir sollten ein paar Tage abwarten«, schlug Erik vor, »und uns auf eine schwere Zeit gefaßt machen.«

Vielleicht müsse er die Nächte durchwachen, um die Ausbreitung der Krankheit verhindern zu können. Vielleicht müßten einige empfindliche Exemplare mit einer Sonderdiät unter Quarantäne gestellt werden, bis der unzuverlässige Abdel-Razik aufgetaucht sei und seine Unschuld bewiesen habe. Erik flehte mich an, Geduld und Nachsicht walten zu lassen, bis er eine Erklärung gefunden habe.

Ich übte mich am selben Abend in Engelsgeduld, während Erik seine Decke nahm und auf das Sofa umzog, um von dort aus die Situation besser im Blick zu haben. Als ich nachts allein auf unserem Doppelbett in dem dunklen, feuchtwarmen Schlafalkoven lag, mußte ich immer wieder daran denken, wie ungerecht es war, den trägen, einfältigen Käfern mehr Aufmerksamkeit zu widmen als mir. Die Dunkelheit in dem Alkoven wurde stärker und verlieh dem Raum etwas Unheimliches. Mir gefiel es ganz und gar nicht, wegen Eriks Käfern allein zu sein. Von der anderen Seite des Vorhangs, den wir als Trennwand zwischen dem Wohn- und dem Schlafzimmer benutzten, drang hin und wieder ein blaßblaues Blinken in den Alkoven, das anzeigte, daß Luft, Temperatur oder Luftfeuchtigkeit nicht ausreichend ausbalanciert waren und umgehend der Regulierung bedurften. Die Lichtsignale erloschen schnell, ohne daß ich einen Laut von dem Sofa vernahm, auf dem Erik lag – genausowenig hörte ich etwas aus den neuen Aufbewahrungsboxen der kranken Käfer. Erik mußte seine Handgriffe lautlos ausgeführt haben, und ich hoffte, daß die Insekten genauso lautlos und schnell starben.

Verlassen, sagte ich leise zu mir, verdrängt von Wesen, die so weit unter mir standen, daß sie kaum eine Existenzberechtigung besaßen. Ich war verlassen in dieser feuchten, ungesunden Wohnung, in der die Wände lebendig wurden, das Ungeziefer in verborgenen Winkeln wucherte, ja zum Inventar gehörte. Hätte ich nicht weiterhin heimlich Insektengift versprüht, hätten die Pelzkäfer, Mehlkäfer und Silberfischchen schon längst überhandgenommen. Das ganze Mietshaus schien, wenn man einmal darüber nachdachte, in einem Zustand der Auflösung begriffen, voller Schimmel und verrottendem Holz, als wäre es auf einem gigantischen, fermentierenden Müllhaufen errichtet worden. Ich erinnerte mich, daß Erik einmal eine ertrunkene Maus in einem stehengebliebenen Saftglas gefunden hatte. Waren es nicht Grundstücke wie unseres, über die die Zeitungen immer berichteten, man habe dort Kakerlaken gefunden? Vielleicht war es das beste, gleich morgen früh Rattengift zu kaufen und den Hausmeister zu bitten, es bei den Mülltonnen und im Treppenhaus auszulegen. Aber all meinen guten Vorsätzen zum Trotz gelang es mir nicht, die Grabesstimmung zu heben, die sich wie ein säuerlicher Atem über den Schlafalkoven gelegt hatte. Im Gegenteil, ich stellte fest, daß mein Gefühl von Verlassenheit weiter zunahm.

Verlassen und abgeschoben – flüsterte ich vor mich hin und sah vor meinem inneren Auge, wie Millionen mikroskopisch kleiner Milben aus den alten Holzwänden hervorzuquellen begannen, wie die lichtscheuen Kakerlaken die Treppen heraufgekrochen kamen, um sich in einer gewaltigen Flutwelle über die gesamte Wohnung zu ergießen. Schweißnaß vor Angst und von den fürchterlichsten Visionen gepeinigt, konnte ich bis in die frühen Morgenstunden kein Auge zutun. Danach verfolgten mich im Traum Schrekkensszenarien in Form von Tausenden und aber Tausenden Bildern des Todes, gemalt auf die Rückseite ein und derselben Postkarte. Mit dieser Postkarte, die sich bei jeder Berührung auf unerklärliche Weise verdoppelte, legte ich eine komplizierte Patience. Ich scheiterte immer wieder, zumal mir jedes Mal beim Umdrehen der Karten die Todesdarstellungen entgegenblickten. Als es mir schließlich nach nahezu übermenschlicher Anstrengung gelungen war, alle Karten in eine lange Reihe zu legen, stellte ich fest, daß ich einen Gegenspieler hatte. Es war der Sensenmann höchstpersönlich, der mir mit seinem grinsenden Cranium direkt gegenübersaß. Er streckte seine Hand aus, um sich vorzustellen, aber statt gegen den Tod spielte ich nun gegen einen stummen, schönen Jüngling mit hellem Teint und wasserblauen Augen. Als ich vorsichtig seine Hand ergriff und bedauerte, ihn schachmatt setzen zu müssen, verwandelten sich die Finger in klappernde, weiße Knochen zurück, das Gesicht wurde wieder zu einem fahlen Totenkopf, der mit einer hohen Falsettstimme »Herr Sandemann, Herr Sandemann, Herr Sandemann …« rief.

Am Morgen hielt ich es für das beste, Erik nichts von meinen Alpträumen zu erzählen. Wir sprachen ohnehin bis zum nächsten Abend kaum ein Wort, nicht zuletzt, weil wir beide die ganze Nacht kaum geschlafen hatten. Die Atmosphäre zwischen Erik und mir war gespannt. Erik hatte nachmittags – gegen jede Gewohnheit – mit einem entfernten Kollegen und mit Abdel-Razik telefoniert und war nun damit beschäftigt, die Käfer mit einer künstlich hergestellten Diätkost zu füttern. Er bemerkte nicht, daß ich mich in ein ruhelos umherwanderndes Nervenbündel verwandelt hatte. Meine halbherzigen Versuche, ein Gespräch anzufangen, unterbrach er abrupt, genausowenig interessierte er sich für das Abendessen. Noch einsamer und verlassener als am Abend zuvor legte ich mich ins Bett und spürte plötzlich, obwohl ich das Laken gewechselt hatte, am Körper einen fürchterlichen Juckreiz. Ich vermutete Läuse oder gar Bettwanzen auf der Matratze. Erik hatte erzählt, daß Bettwanzen einen unverkennbaren Veilchenduft verbreiteten – und roch es nicht auf einmal im Alkoven ein wenig nach Veilchen? Ich glaubte, ein Knacken von den Wänden zu hören, als würden sich sechs Greifklauen zum Sprung auf das Bett abstützen. Kakerlaken, das wußte ich von Erik, besonders die der Gattung *Periplaneta*, waren die vollendetsten Geschöpfe auf Gottes Erdboden. Ihre Fähigkeiten, Temperaturschwankungen und Futtermangel zu überstehen und sich trotzdem in Mengen zu vermehren, kannten kaum Grenzen. Wenn sie erst einmal im Haus waren, wurde man sie nie wieder los. Die Wohnung war wieder totenstill. Erik mußte sich vollkommen lautlos bewegen; das war die einzige Erklärung, daß in den Schlafalkoven keine Geräusche drangen, obwohl er behauptete, er hätte die letzte Nacht durchwacht und sich Notizen gemacht. Nicht einmal das Kratzen seines Füllfederhalters war im Dunkeln zu hören, und das Meßaggregat hatte schon seit Stunden nicht mehr geblinkt. Es war völlig schwarz im Schlafzimmer. Und tickte es nicht in den morschen Wänden? Ich beschloß, die Sache am Morgen mit Erik zu besprechen und die gründliche Sanierung des Schlafzimmers, besser noch der ganzen Wohnung in Angriff zu nehmen. Insektengift mußte in die Fugen der Fußbodendielen gesprüht werden, und ich sollte Mottenkugeln unters Bett legen. Er wäre darüber nicht glücklich, vermutlich sogar wütend, doch bei all den Unannehmlichkeiten, die mir seine Nachtwache bescherte, war eine Gegenleistung das mindeste. Ich war mir sicher, daß ich meinen Plan zur Ungezieferbekämpfung durchsetzen würde. Zwei Tage und Nächte ohne Schlaf hatten Erik erschöpft. Soweit ich wußte, war die mysteriöse Epidemie zurückgegangen, und damit wurde auch seine Laune besser. Auch in dieser Nacht schlief ich spät ein.

Meine Vermutungen erwiesen sich als genauso richtig wie falsch. Erik wollte von Gift weiterhin nichts wissen, schon gar nicht in dem sensiblen Stadium der Rekonvaleszenz seiner Käfer. Er versuchte meinen Ärger zu mildern, indem er mir vorschlug, die Wohnung mit einem weniger schädlichen Mittel zu schrubben, mit Ajax oder einem anderen Reiniger, der nicht so viele Chemikalien enthielt. Meine Überredungsstrategie hatte wenig Erfolg, obwohl ich Stunden darauf verwendete. Erik war jedoch müde genug, um bei der Sanierung des Schlafzimmers nachzugeben, und überließ die Insekten ihrem Schicksal, um sich schnell an meiner Seite niederlegen zu können. Ich benutzte seine eigene Argumentation und hielt ihm vor, daß sich die Insekten schon wieder erholen würden, falls ihr Schicksal es vorsehe.

In den nächsten Tagen schrubbten wir die Fußböden mit Ammoniak und saugten an den entlegensten Stellen Staub. Es wurde tatsächlich sauber, und ich konnte wieder schlafen. Bei einer großen Menge Käfer wurden, bevor die Mortalitätskurve Schritt für Schritt ihren Tiefpunkt erreicht hatte, die Zahlen in den Kolumnen des Aktenordners gegen ein Kreuz ausgetauscht, doch wer hätte das verhindern können? Der Natur muß man eben ihren Lauf lassen.

Die Ruhe, die entstand, weil wir beide endlich einigermaßen zufrieden waren, wurde jedoch sofort von einer neuen Gewitterwolke überschattet. Wir empfingen einen unerwarteten, äußerst seltsamen Brief von Herrn Sandemann. Es hatte mich große Anstrengung gekostet, die erfolglosesten Züge in der anstehenden Partie zu errechnen, doch meine Position auf dem Brett schien ein für alle Male gesichert. Was immer Sandemann sich erlauben sollte, wollte ich mit meinem Schachmatt rächen. Die Partie hatte sich in Windeseile ihrem Ende genähert, und Erik und ich glaubten, das

Spiel wäre nun bald aus der Welt geschafft. Doch statt eines triumphalen Gewinnzuges beabsichtigte Sandemann jetzt, unseren listigen Plan zu durchkreuzen. In dem Brief stand:

*Graz, den 25. Dezember 1996*

*Lieber Bruder,*
*was geht vor sich? Du hast während der letzten Partie derart sonderbar, derart irregulär und entschieden gegen Deine Gewohnheit gespielt, daß ich Dich, ehrlich gesagt, nicht mehr wiedererkenne. Seit unserem letzten Briefwechsel kann ich nicht einmal mehr glauben, daß Du Deinen Schachzug ernst meinst. Hast Du den Codex der Partie oder die Bodenhaftung mit der Wirklichkeit verloren? Ich habe nicht die Absicht, Dein Privatleben zu diskutieren, ebensowenig will ich Dir gute Ratschläge erteilen, statt dessen möchte ich Dir einen Vorschlag unterbreiten: Apokatastasis panton! Laß uns von vorn beginnen, laß uns sagen, mein Notizbüchlein sei gestohlen worden, und die Aufzeichnungen über unsere Partie seien damit verlorengegangen. Ich kann nicht glauben, daß Du wirklich, im Grunde Deines Herzens, bereit bist zu verlieren. Deshalb stelle ich meine Spieler in der Ausgangsposition auf und verehre Dir die düstere Farbe der Melancholie. Mein erster Zug lautet wie üblich: 1.e4.*

*Sandemann*

*PS Heute verlasse ich Graz wegen eines neuen Auftrages in Nordafrika. Schicke mir Deine Antwort Poste Restante nach Annaba.*

Der Versuch, die Schachkorrespondenz zu beenden, war gescheitert. Viel schlimmer: Eine neue Partie fing an. Nachdem wir eine Zeitlang über die nebulösen Formulierungen des Briefes diskutiert und überlegt hatten, was mit »Ich kann nicht glauben, daß Du wirklich, im Grunde Deines Herzens, bereit bist zu verlieren«, gemeint sein könnte, beschlossen wir, Sandemanns Forderung nachzugeben und das Spiel wiederaufzunehmen. Ich war einerseits amüsiert, doch gleichzeitig schien das Spiel plötzlich eine andere, dunklere Bedeutung bekommen zu haben. Sandemann nun, nachdem alles außer Kontrolle geraten war, zu erklären, wie die Dinge in Wirklichkeit zusammenhingen, war unmöglich. Das alte Sprichwort »Wer das Spiel nicht versteht, der bleibe davon« entbehrte in unserem Fall nicht einer gewissen Wahrheit. Sandemann hatte sich durch Eriks einfältige Strategie nicht täuschen lassen. Also beschloß ich, ihn zu besiegen. Ich entschied mich, ihn ganz einfach in Grund und Boden zu spielen. Schach war ein Spiel ganz nach meinem Geschmack; ein Spiel, aus dem ich zukünftig Nutzen ziehen konnte. Es beanspruchte nicht viel Platz und basierte auf Grundlagen, die gut dokumentiert waren. Von diesem Standpunkt aus betrachtet, stellte das Schachspiel die vollendete Miniatur dar. Darin herrschte völlige Einigkeit zwischen Erik und mir.

Am selben Nachmittag entdeckte ich in einer der Filialen der »Königlichen Bibliothek« unter der Rubrik Schach ein graues Bändchen mit dem Titel *Unregelmäßige Miniaturen – eine Einführung in außergewöhnliche Spielführung*. Es gab selbstverständlich auch andere Bücher, deren Titel sehr viel respekteinflößender klangen, wie *The Chessplayers' Encyclopedia* und *Groteske Schacheröffnungen*, doch keines dieser Werke übte auf mich einen dermaßen großen Reiz aus wie das erste. *Unregelmäßige Miniaturen* stammte nämlich von keinem geringeren als dem schwedischen und mir inzwischen wohlbekannten Schachspieler Erik Bäcklund. Mit dem grauen Buch in der Tasche kam ich zurück in unsere Wohnung, voller Verwunderung, daß der Zufall immer wieder unsere Wege kreuzt. Man schrieb den 3. Januar, und es sollte noch zwei Monate dauern, bis Erik und ich uns für immer trennten. Ich glaube allerdings, daß ich ihn bereits an diesem Tag aus meinen Gedanken verbannte und meinen Blick in die Zukunft richtete. Sandemann war natürlich verlockend, aber ich wußte auch, was von mir erwartet wurde und daß die Zeit, die mir noch blieb, ablief. Mit ungeheurem Elan arbeitete ich mich in die komplizierte Kunst des Schachspiels ein. Nun sollte Herr Sandemann keine Gelegenheit mehr haben, sich über eine nachlässige Spielführung und einen verlorenen Codex zu beschweren. Unter dem Stichwort »Portugiesische Verteidigung« fand ich eine Strategie, mit der ich anfangen konnte. Ich spannte eine Postkarte in meine Schreibmaschine und tippte folgende Zeilen:

*Malmö, den 8. Januar*

*Lieber Bruder,*
*Du hast ganz recht. Laß uns von neuem beginnen. Ich muß zugeben, daß mir in der letzten Zeit nicht sehr wohl war – seltsame Ereignisse sind eingetreten, auf die ich hier nur ungern näher eingehen möchte. Laß uns festhalten, daß der Verlust Deines Notizbüchleins gravierend ist, Du es aber bestimmt wiederfinden wirst …*
*Ich übersende Dir die herzlichsten Grüße, samt 1.e5.*
*Addio!*

*E. B.*

In der Hoffnung, daß der Brief nicht allzu förmlich klang, und ein wenig erstaunt über meinen mutigen Versuch, den straffen, kosmopolitischen Ton, in dem die *Unregelmäßigen Miniaturen* verfaßt sind, nachzuahmen, schickte ich die Karte nach Annaba. Ich begann von heimlichen Rendezvous in London und romantischen Nächten in Casablanca zu träumen. Mein Gegner faszinierte mich, und der Briefwechsel bot sich hervorragend dazu an, ihm persönliche Auskünfte zu entlocken. Neugierig und mit unterdrückter Sehnsucht wartete ich auf Sandemanns nächsten Zug.

Kurz darauf erholten sich die Käfer dank der ausgefeilten Pflege, und Erik stieß einen Seufzer der Erleichterung aus. Er hatte zwar ein Drittel des Bestandes verloren, doch viele der Überlebenden fanden sich zu neuen Paaren zusammen und bauten Nester. Mensch und Tier besitzen die verblüffende Fähigkeit, sich nach Unglücken und Katastrophen wieder zu erholen, und in der Welt en miniature, die Erik in den Terrarien erschaffen hatte, nahm das Leben wieder seinen gewohnten Gang. Auch in unserer kleinen Wohnung normalisierte sich alles wieder. Wenn wir abends unter die Decke krochen, war es, als wären wir monatelang getrennt gewesen. Wir sprachen über die Dinge, die passiert waren, und schmiedeten wie ein frischverliebtes Paar Pläne für die Zukunft. Wir lachten über meine übertriebene Angst vor dem Ungeziefer und über Eriks übertriebenes Vertrauen in das Schicksal. Nicht ohne Ironie wies Erik darauf hin, daß nur das Schicksal zwei so unterschiedliche Menschen wie uns zusammenführen könne. Es versetzt mir einen Stich ins Herz, wenn ich heute daran denke, wie unrecht er hatte und was für eine unwichtige Rolle das Schicksal in unserer Liebesgeschichte spielte. An jenem Abend vermied ich es geflissentlich, ihm darauf zu antworten. Ich legte statt dessen meine Wange an seinen schmalen Brustkorb und lauschte auf den Rhythmus, der uns am Leben erhält.

Oft lag ich abends in unserem Bett und dachte darüber nach, wie einschläfernd es ist, dem Herzschlag eines anderen Menschen zuzuhören. Die gleichmäßige Atmung, begleitet vom Pumpen des Herzens, lockt den Zuhörer in einen traumgleichen Dämmerzustand und überführt ihn schließlich ins Reich des Schlafs. Ich zählte gewöhnlich Eriks Herztöne, bevor ich die Augen schloß, um festzustellen, wie lange ich den Schlaf hinauszögern konnte. An diesem Abend ließ ich mich jedoch bereitwillig von dem dumpfen Rhythmus seines Herzmuskels verführen und wäre beinahe eingeschlafen, wenn mich nicht der Ton eines anderen Pulses erreicht hätte. Es war weder Eriks noch mein Herz, sondern ein drittes, dessen langsames Schlagen im Dunkel zu hören war. Es tickte präzise und verstummte ohne Vorwarnung, als ich mich im Bett aufsetzte. Nach ein paar Sekunden der Stille fing es wieder an zu schlagen, und diesmal bestand kein Zweifel daran, daß das Geräusch aus der Wand kam, nur wenige Zentimeter oberhalb unserer Köpfe. Starr vor Schreck weckte ich Erik, der zunächst nichts hörte, doch dann konzentriert ins Dunkel blickte. Inzwischen hörte man den gleichförmigen Rhythmus aus dem Wandgebälk, der mit zunehmender Lautstärke an einen altmodischen Wecker erinnerte, noch viel deutlicher. Eriks konzentrierter Gesichtsausdruck wich einem nach innen gekehrten Lächeln, das mich erleichterte. Doch zugleich verriet ein gewisses Zögern, daß er darüber nachdachte, ob er die Wahrheit sagen oder sein Wissen hinter einer schnellen Lüge verbergen sollte. In einem Tonfall, der mir allzu vertraut war und dessen trockene Sachlichkeit nur dazu diente, seine Anspannung zu unterdrücken, sagte er: »*Anobium Punctatum* oder *Anobium*

*Striatum*«. Erik war begeistert und holte tief Luft für den Wortschwall eingepaukter Fakten, die nun aus den Labyrinthen seines Gedächtnisses hervorquollen. Meine Furcht vor dem Unbekannten wich im Handumdrehen einem Gefühl des Unbehagens, das mich jedes Mal erfüllte, wenn Erik über Insekten sprach. Während er mechanisch über das Geschlechtsleben, den enormen Appetit auf altes Holz und die extreme Überlebensfähigkeit des Poch- oder Nagekäfers dozierte, strapazierte er meine Geduld bis zum äußersten. Der bloße Gedanke, daß auch die Wände voller Insekten waren, die, unerreichbar für meine Hand, im Holz versteckt lebten, dort fraßen, sich fortpflanzten und in den ausgehöhlten Gängen hin und her liefen; die langsam, aber sicher unsere Wohnung in Sägespäne zernagten; die die Decke zerknabberten, bis die Balken eines Tages nachgeben und uns lebendig unter einem Haufen morschen Holzes begraben würden – der bloße Gedanke daran erfüllte mich mit einem Ekel nahezu existentiellen Ausmaßes. Abrupt unterbrach ich Erik in seiner wissenschaftlichen Erläuterung. Als er in mein vor Abscheu verzogenes Gesicht blickte, wandte er demütig den Blick aufs Laken, als wollte er ein weiteres Mal um Entschuldigung bitten. Ich ließ ihn eine Weile leiden und nutzte die Gelegenheit, um ihm einen Vorschlag zu machen, über den ich bereits etliche Male nachgedacht hatte.

Ich setzte meine zerknirschteste Miene auf und fragte ihn, ob es jetzt nicht endlich an der Zeit sei, mit der Hilfe einer Schädlingsbekämpfungsfirma ein Großreinemachen in Angriff zu nehmen. Die Reaktion kannte ich im voraus. Erik schrie mit greller, näselnder Stimme: »Weißt du denn nicht, daß wir es dabei mit dem Tod höchstpersönlich zu tun hätten? Wenn wir ihn zur Tür hinauswerfen, kommt er zum Fenster wieder herein.« Mit zitternder Stimme sprach er von den Risiken der chemischen Bekämpfungsmittel; von der Notwendigkeit, die Käfer nach der Epidemie in aller Ruhe ihre Nester bauen zu lassen; von der Studie, die bald abgeschlossen sein würde, und davon, daß Ungeziefer nicht halb so gefährlich sei, wie man gemeinhin glaube, ja daß es mitunter sogar Aufgaben erfülle. Begleitet von dem aufdringlichen Ticken in der Wand, erzählte er mir von dem gestreiften Poch- oder Nagekäfer, von dem es früher hieß, er sei der Tod, der die Lebenszeit des Menschen auf Erden zähle. »Wer die Totenuhr hörte«, fügte er mit einem Grinsen hinzu, »konnte damit rechnen, daß sein letztes Stündlein geschlagen hatte.« Ich weiß nicht, ob er mich damit erschrecken wollte oder ob er in seinen abstrusen Glauben an das Schicksal auch den Aberglauben einschloß. Es folgte eine lange Stille, und Erik zog sich in seine inneren, unerreichbaren Regionen zurück. Ich stieß eine Reihe von Verwünschungen über die finsteren Philosophen aus, die ihm die Sinne getrübt und seinen Verstand irreparabel geschädigt hätten. Aber als er aus den Tiefen seines Unterbewußtseins zurückkehrte, war seine Wut wie weggeblasen. »Nein«, sagte er leise, weder aggressiv noch aufbegehrend, sondern mild, als stamme das Wort aus einem Traum. »Nein«, sagte er nochmals. Es war schwer zu beurteilen, wie ich mich verhalten sollte. Ich wollte nicht nachgeben und fand gleichzeitig, daß die Situation begann, eine unangenehme Wendung zu nehmen. Er wiederholte sein »Nein«, das eher einem »Ja« ähnelte, ein letztes Mal, kroch mit gekrümmtem Rücken unter die Decke und schloß die Augen. Wie sehr ich mich auch bemühte, ich bekam in jener Nacht kein einziges Wort mehr aus ihm heraus. Rücken an Rücken schliefen wir schließlich erschöpft ein. Das Ticken der Totenuhr lag über unseren unruhigen Atemzügen und der nächtlichen, dunklen Stille.

Im Winter, wenn die Sonne nur eine fahle weiße Scheibe ist, fehlt Mensch und Tier der Antrieb. Doch nach meinem Anruf dauerte es nicht länger als drei Stunden, bis zwei weißgekleidete Männer, jeder mit einer grauen Tasche ausgestattet, vor unserer Tür standen. Sie trugen beide eine weiße Sportmütze, auf die in großen, orangefarbenen Buchstaben der Firmenname aufgedruckt war. Die Mützen vermittelten Kompetenz und Selbstbewußtsein und beruhigten vermutlich besorgte Kunden. Ausgerüstet mit Pinzetten und allerhand Glasröhrchen, krochen die beiden ungewöhnlich kleinen Mitarbeiter der Schädlingsbekämpfungsfirma auf unserem Fußboden herum, emsig auf der Suche nach Spuren von Ungeziefer. Erik, der seit dem vorangegangenen Abend kein Wort gesagt hatte, lehnte lässig im Türrahmen und überwachte die Arbeit mit einem verächtlichen Gesichtsausdruck. Ab und zu seufzte er aus Ungeduld oder Wut. Er schaute auf seine Armbanduhr und trommelte nervös mit den Fingern gegen das Holz. Als die Männer nach fünfundvierzig Minuten ihre Arbeit beendet hatten und ihre Gerätschaften zusammenpackten, zog Erik – mit einem überheblichen Lächeln auf den Lippen – einige kleine Schachteln aus der Hosentasche. Er hatte ihrer Arbeit vorgegriffen und präsentierte nun sein Material, das den Männern das Herumrobben hätte ersparen können. In einer Körpersprache, die deutlich verriet, daß keiner der Kompetenz des anderen traute, gaben sich Erik und die beiden Männer gleichmütig die Hände und tauschten einige Abschiedsfloskeln aus. Die Mitarbeiter reckten sich, um größer zu erscheinen, und versprachen wiederzukommen, sobald das Ungeziefer im Labor des Unternehmens analysiert wäre. Sie versicherten mir, daß es keinen Grund zur Beunruhigung gebe. Sie würden dafür sorgen, daß die Wohnung von allen Schädlingen befreit werde. Mit einer herablassenden Geste begleitete Erik sie zur Wohnungstür, die beiden warfen einen letzten höhnischen Blick in Richtung Wohnzimmer – wo eine Horde schwarzer Minotauruskäfer sie aus den verborgenen Schlupfwinkeln ihrer Glaskästen beobachtete –, lüfteten ihre Käppis und entschwanden in die winterliche Kälte.

Wir hatten uns gerade mit einer Tasse Kaffee und frischen Franzbrötchen zusammengesetzt, als das Telefon klingelte und eine tonlose Stimme uns mitteilte, daß die Spezialisten der Schädlingsbekämpfungsfirma in den nächsten Stunden wieder bei uns eintreffen würden. Wir wurden gebeten, die Wohnung für eine Nacht zu verlassen, weil man herausgefunden hatte, daß die gesamte Wohnung ausgeräuchert werden mußte, um das Ungezieferproblem zu lösen. Die Stimme bat uns um Zusammenarbeit, bedankte sich notdürftig und legte den Hörer auf, ohne sich zu verabschieden. Erik, der den Verlauf des Gespräches mitbekommen hatte, begann mit der Evakuierung der Käfer in kleine perforierte Plastikkästen. Die Behälter ähnelten denen für Katzentransporte, mit dem Unterschied, daß sie durchsichtig waren. Wir hatten einige arbeitsreiche Stunden vor uns: die Möbel mußten in Plastikfolie verpackt, die Bettwäsche verstaut, die Blumen in Papiertüten gewickelt und ins Treppenhaus gestellt werden.

Ungefähr um sechs Uhr, die Sonne war schon längst untergegangen und die Temperatur unter Null gesunken, standen wir in der spärlich möblierten Lobby des Hotels »Oremus« und buchten ein Doppelzimmer für die Nacht. Der Portier blickte mißbilligend auf unser Gepäck – das der Taxifahrer nicht hatte transportiert wollen – und erlaubte uns erst nach einem verbalen Handgemenge, die kleinen Käferkästen mit aufs Zimmer zu nehmen. Erik war verärgert und schimpfte vor sich hin, daß dieses Hotel bedeutend gröbere Dinge gewöhnt sein müsse, der Preis, den wir wegen der Käfer zu zahlen hätten, unverschämt und nur ein Trick sei, uns soviel Geld wie möglich abzunehmen.

Unser Zimmer verriet, obwohl es frisch geputzt war, daß bereits Tausende unreinlicher Gäste ihre Körperausdünstungen in den Möbeln hinterlassen hatten. Es enthielt ein Bett, einen Nachttisch und ein in die Wandtäfelung eingebautes Fernsehgerät. Wir versuchten unserem Aufenthalt ein wenig Atmosphäre zu verleihen, bestellten aus der Lobbybar Krabben und perlenden Wein, zogen unser Nachtzeug an und bemühten uns, vor dem Fernseher ein romantisches Souper einzunehmen. Unser Vorhaben scheiterte. Erik war schlechter Laune, weil er die Wohnung hatte verlassen müssen, und er machte sich ständig Sorgen um seine Käfer in den kalten, zugigen Kästen, die eine ganze Wand des Hotelzimmers einnahmen. Auf meine Laune wirkte unser Ausflug ganz gegenteilig. Etwas an den Damastgardinen, den durchgelegenen Matratzen und den nikotingelben Tapeten ließ meine Wangen glühen. Die Wahrheit ist, daß mich die andere Umgebung und das Unvorhersehbare der Situation erregten. In meiner Phantasie war ich eine Prostituierte, die mit einem jungen, unerfahrenen Kunden mitgegangen war, danach stellte ich mir vor, daß Erik und ich hier unsere Hochzeitsnacht verbrachten. Gegen Mitternacht lief auf einem französischen Kabelkanal ein Erotikfilm, der meine Lust ins Unerträgliche steigerte. Ich begann, Erik mit Küssen und Zärtlichkeiten zu überschütten. Er verhielt sich merkwürdig passiv und starrte weiterhin auf den Bildschirm. Trotz meiner Versuche, seine Leidenschaft zu entfachen, passierte in unserer ersten und einzigen Hotelnacht nichts. Erik mußte erleben, was Männern manchmal widerfahren kann: Seine

Potenz ließ ihn im Stich. Den Rest der Nacht litten wir in verbissenem Schweigen.

Wir fühlten uns beinahe erleichtert, als wir am nächsten Tag unsere Habseligkeiten zusammenpackten und – genau wie am Vortag – versuchten, ein Taxi zu ergattern, das uns und unser abstoßendes Gepäck nach Hause transportierte. Bereits im Treppenhaus kam uns der Geruch von Insektengift entgegen, und als wir unsere sorgfältig geputzte Wohnung betraten, bestand kein Zweifel daran, daß die Firma ihren Job gründlich erledigt hatte. Die Männer hatten sogar die Möbel von der Plastikfolie befreit. Alle Spuren der Vernichtung waren beseitigt. Außerdem hatten sie sich bemüht, alles wieder an seinen Platz zu stellen, mit der Folge, daß nichts so aussah wie zuvor. Die Wohnräume waren derart verändert, daß Erik glaubte, die Bekämpfungsfirma hätte absichtlich Teile unseres Mobiliars verrückt. Die Sessel und die kleinen Beistelltische hatten ihre Plätze getauscht, der Teppich verlief in die falsche Richtung, und die Gardinen hatten plötzlich etwas Fremdartiges. Auf den ersten Blick hatte es den Anschein, als wären die Möbel spiegelverkehrt aufgestellt worden. Das Ärgerliche war, daß Bücher, die vorher im Bücherregal gestanden hatten, nun auf dem Schreibtisch lagen und teure Instrumente wie vom Erdboden verschluckt waren. Erik glaubte deshalb, daß die Firma kein Ungeziefer vernichtete, sondern im privaten Eigentum anderer Leute schnüffelte und ihnen Dinge stahl. Natürlich stellte sich heraus, daß nichts weggekommen war. Nur Erik und ich hatten in jener Nacht etwas Wesentliches verloren.

Es war aussichtslos, die neue Ordnung in Unordnung zu bringen. Die muffige Gemütlichkeit, die früher unsere Wohnung ausgezeichnet hatte, stellte sich nicht wieder ein, und ich überlegte, ob es daran lag, daß der Tod nun aufgehört hatte, aus dem Dunkel der Balken unsere letzten Stunden zu zählen. In gewisser Weise war die Stille, die die Wohnung nun erfüllte, noch unheimlicher als das Ticken: Ich ertappte mich selbst dabei, wie ich ständig lauschte und wie enttäuscht ich war, daß kein Klopfen und Ticken mehr an meine Ohren drang.

Der Verdacht, daß wir uns auf die eine oder andere Weise auf das Ende zubewegten, zeichnete mir dunkle Schatten ins Gesicht. Erik betrachtete mich kühl aus seinem Sessel, sagte jedoch selten ein Wort. Mein nervöses Umherstreifen störte sein empfindsames Gemüt, und mit lang anhaltenden, finsteren Blicken drückte er seine Verachtung aus. Unbewußt gab er mir die Schuld, daß sich die Käfer in der neuen, sterilen Umgebung nicht wohl fühlten. Ansonsten schien er sich in der Stille eingerichtet zu haben. Ich beschloß daher, mich in die Küche zurückzuziehen. Vom frühen Morgen bis zum späten Abend ließ ich das Radio mit der seichten Dudelmusik eines lokalen Senders laufen, während meine Gedanken sich auf die weißen und schwarzen Quadrate des Schachbretts konzentrierten. Das kleine graue Buch, das ich immer wieder zu Rate zog, leistete mir große Dienste. Ich las es von der ersten bis zur letzten Seite durch und verstand langsam die unterschwellige Struktur des Spiels. Ich lernte die Verläufe möglicher Verteidigungen und sorgte dafür, daß ich jederzeit angreifen konnte, sowie ein neuer Zug meines Gegners vorlag. Sandemanns Position auf dem Brett war, wie üblich, alles andere als beneidenswert. Ihm fehlte es an Phantasie und dem Vermögen, neue Wege zu erkennen. Mein Ziel war es, alle seine Figuren zu schlagen, ohne selbst auch nur eine einzige zu verlieren. Ein Ziel, das, wenn es erreicht wäre, ihm für eine Weile den Atem nehmen dürfte. Ich überlegte mir, was Sandemann für einen

Beruf haben könnte, denn er konnte unmöglich professioneller Schachspieler sein.

Eines Morgens schickte Sandemann mir seinen Zug auf einer Postkarte, die meine Phantasie ein weiteres Mal anregte. Sie war geschmacklos – der von Pfeilen durchbohrte heilige Sebastian, ein Gemälde von Andrea Mantegna. Dem verschwommenen arabischen Stempel zufolge hielt Sandemann sich, wie angekündigt, an der nordafrikanischen Mittelmeerküste irgendwo in Algerien auf. Er hatte dem belanglosen Zug ein paar persönliche Zeilen hinzugefügt:

*Annaba, den 14. Februar*

*Lieber Bruder,*
*habe gerade einen weiteren Auftrag ausgeführt*
*und würde hier gern noch etwas verweilen, wenn*
*man mich nicht vor einer Stunde angerufen und*
*gebeten hätte, ich möge sogleich nach Belgien*
*fliegen. 5. Dxe+ Antwort Poste Restante nach*
*Brüssel.*

*Sandemann*

Wieder und wieder las ich die fünf kurzen Zeilen, bis mir plötzlich klar wurde, er mußte ein Mann der Kirche, ein Erweckungsprediger, Missionar oder freikirchlicher Priester sein. Seine Leidenschaft für das Religiöse, den Tod und die Auferstehung verrieten es, und welche andere Berufsgruppe würde heutzutage Vergnügen daran finden, in der Freizeit Schach zu spielen? Von meiner fixen Idee überzeugt, sah ich Sandemann in der Soutane der Jesuiten oder mit dem weißen Kragen der Priesterschaft vor mir, sah ihn beim Handauflegen und Beten in Brüssel, London oder Algier. Leider gelang es mir nicht, meinem Mitspieler Gesichtszüge zu verleihen; der Alptraum vom Totenkopf verfolgte mich nach wie vor.

Zufrieden, daß ich für Sandemann einen Beruf gefunden hatte, kochte ich Erik eine Kanne Kaffee. Er interessierte sich nicht sonderlich für meine Spekulationen und zeigte sich seit dem Tag, an dem wir beschlossen hatten, daß ich seine Rolle übernehme, gleichgültig gegenüber dem Problem. Der Briefwechsel lieferte uns wenigstens ein Gesprächsthema. Als der Kaffee fertig war, ging ich erwartungsvoll ins Wohnzimmer und fand Erik in derselben Haltung in seinem Sessel sitzend wie fünf Stunden zuvor. Ohne ein Wort zu sagen, betrachtete er mich gelangweilt, nicht einmal den Duft des frischgebrühten Kaffees schien er wahrzunehmen. Ich bemerkte, daß er in letzter Zeit sehr schweigsam geworden war. Er war derart in sich gekehrt und kühl, als sähe er mich mit neuen Augen. Sicher klagte er mich an, schuld daran zu sein, daß seine Käfer keine Nester bauten und sich nicht vermehrten.

Erik verschlief die Hälfte des Tages und vertiefte sich an den Nachmittagen in die Lektüre eines Buchs. Dabei lief sein Blick nicht von links nach rechts, sondern fixierte die ganze Zeit ein und denselben Punkt. Vielleicht litt er im Winter unter Konzentrationsschwierigkeiten? Das dunkle Halbjahr muß ein Alptraum für jeden Entomologen sein – besonders, wenn er sich wie Erik mit seinen Käfern identifizierte und daher dazu neigte, in Winterschlaf zu fallen. Auch Erik benötigte Hege und Pflege, brauchte ein Terrarium mit temperierter Luft und künstlicher Feuchtigkeit. Er wollte keinen Kaffee und wischte meine halbherzigen Versuche, ein Gespräch über Sandemanns tatsächlichen Beruf anzufangen, mit einer geistesabwesenden Geste fort, nur um sich gleich darauf zum Sofa zurückzubegeben und sich hinzulegen. Mir war schon vor geraumer Zeit aufgefallen, daß sein Verhalten immer sonderbarere Formen annahm. Ich wußte allerdings noch nicht, daß in der kommenden Woche Ereignisse eintreten sollten, die all die Schattenseiten offenbaren würden, die bei gestörten Menschen ausgeprägt vorhanden sind.

Erik saß von morgens bis abends in dem Sessel, dessen moosgrüner Samtbezug derart zerschlissen war, daß er langsam einen Stich ins Schwarze bekam. Er hob nicht einmal seine Augenbrauen. Seine Gesichtszüge waren ausdruckslos, und seine Apathie überschritt schon längst die Grenze des Normalen. Seine einzige Tätigkeit waren die Eintragungen der Zahlen in den dicken Aktenordner.

Als die Dunkelheit des Winters ihren Höhepunkt erreicht hatte, bestätigten sich meine schlimmsten Vermutungen. Wir saßen viele Abende still und bewegungslos nebeneinander, der Tee wurde kalt, und die Kerzen brannten ab. Eines Tages wollte Erik mir etwas mitteilen. Ich hoffte, eine Erklärung für die langanhaltende Gleichgültigkeit zu bekommen, die ihn allmählich in einen lebenden Toten verwandelt hatte. Doch er sagte kein Wort darüber, als er anfing zu reden. Verbissen, konzentriert – als wollte er sich mit seinem Vortrag endlich den nötigen Respekt verschaffen – begann er, von den Käfern zu sprechen: daß sich ihr Verhalten auf unerklärliche Weise verändert habe, sie sich nach der Epidemie nicht richtig erholt hätten, ihm in seinem Aktenordner Unregelmäßigkeiten in der Statistik aufgefallen seien, die Käfer nicht mehr fräßen und zu merkwürdigen Zeiten schliefen, als wollten sie gegen ihre eigene Natur rebellieren, ja daß sie ihrem eigenen Untergang entgegengingen und ihn dieser Zusammenbruch aller Regeln seltsam und beunruhigend träumen lasse. Die letzten Worte sprach er mit einem fast unhörbaren Zittern in der Stimme, dabei drehte er sein

Gesicht einem Winkel zu, in den kein Licht fiel. Ich weiß aus Erfahrung, daß Schweigen in emotional angespannten Situationen oft am meisten hilft, und ließ die Zeit verrinnen. Es schien mir sinnlos, ein Schuldbekenntnis oder eine Selbstkritik von Erik zu erzwingen. Ich wußte, daß beides kommen würde. Erik war an einem Punkt angelangt, an dem der Schrecken vor dem Unerklärlichen, dem Irrationalen, der sich bis ins Mark seines Projektes gefressen hatte, größer war als die Sorge, daß ich ihm nicht glauben würde. Er begann über seine Träume zu sprechen, die ihn in letzter Zeit ständig quälten, sobald er eingeschlafen war, Tag und Nacht. Sie waren weder furchterregend noch widerlich, noch obszön. Sie waren nur merkwürdig auf eine Weise, die er nicht beschreiben konnte. Und sie endeten immer auf die gleiche Art, ohne daß er jemals merkte, wann sie angefangen hatten – mit dem Schlagen eines Herzens, das langsam, aber beständig den Raum, die Wände und die Wohnung erfüllte. Das Geräusch weckte in Erik die Sehnsucht nach etwas Vergangenem und vermittelte ihm ein Gefühl, als lösten sich die Grenzen zur Wirklichkeit auf. Mit einem hoffnungsvollen, fast flehenden Blick fragte er mich, ob ich es ebenfalls hören würde, das gleichmäßige Schlagen; Atemzüge, die wie Nebel von einer Seite des Zimmers emporstiegen, als ob sich dahinter – hierbei warf er der Wand oberhalb des Sofas einen raschen, vielsagenden Blick zu – ein Zimmer befinde, von dem wir nichts wüßten. Ein Zimmer, von dem aus uns jemand nachts zu sich rufe, während wir schliefen … Ich schwieg, hielt den Kopf gesenkt und erreichte damit, was ich wollte. Erik verstand es als Einverständnis und wurde kühner. Ob mir auch die vier Kupferstiche an der Wand aufgefallen seien, die früher so symmetrisch gehangen hätten? Sie hätten begonnen, sich aufeinander zuzubewegen, und drohten bei der geringsten Berührung herunterzufallen. Es scheine, als würde hinter der Wand etwas sitzen, was sie in ein für uns unsichtbares Zentrum sauge, wo alles seinen Ausgangspunkt habe: die Geräusche, das Atmen, die Herztöne. In Eriks Gesicht sah ich keinerlei Anzeichen, die auf einen Scherz hindeuteten, Ernst lag in seiner Miene. Seine Augen waren auf meine geheftet und seine Pupillen – der Dunkelheit zum Trotz – auf die Größe eines Stecknadelkopfes reduziert. Unter dem linken Auge zuckte ein Nerv mit der Geschwindigkeit einer bis zum Äußersten überdrehten Feder. Ich war mir nicht sicher, ob Erik mich überhaupt wahrnahm, obwohl er die ganze Zeit in meine Richtung blickte. Als ich mich ein wenig nach vorn beugte, um seinen Gesichtsausdruck besser sehen zu können, wandte er sich ab – wie ein scheues Tier, das Angst vor mir hatte – und fügte hinzu, daß ich natürlich nichts von seinen Träumen habe wissen können. Er meinte, wir sollten uns nicht länger damit aufhalten, Unfug zu reden. In diesem letzten Satz lag ein drohender Unterton, Verachtung für mich und meine Unwissenheit. Um das Unbehagen, das mich nach Eriks verworrenem Bekenntnis befallen hatte, zu verbergen, ergriff ich seine Hand, ließ sie aber sofort wieder los, als hätte ich mich an einer heißen Herdplatte verbrannt. Unter der dünnen Haut seines Handgelenks schlug ein kräftiger Puls – doch nicht der eines gesunden Menschen und auch nicht der eines Mannes, dessen Nerven angespannt sind. Ich hörte vielmehr die langsamen Herzschläge eines riesigen Tieres – oder die eines Menschen, der tief und fest schläft. Obwohl sein Gesicht noch immer dem Dunkel zugewandt war, sah ich den Nerv über seinem Auge zucken: hysterisch vibrierend, ununterbrochen und mit gleichbleibender Kraft. Nach seiner Körperhaltung zu urteilen, war Erik äußerst konzentriert, nur worauf? Es mußte etwas sein, was außerhalb meines Vorstellungsvermögens lag. Im Zimmer befand sich nichts, was seine Aufmerksamkeit auf sich hätte lenken können. Als ich den Schock überwunden hatte, daß Erik weniger aufgeregt als vielmehr der Bewußtlosigkeit nahe war, nahm ich wieder seine Hand. Er entzog sie mir nicht, ließ sie schlaff in meiner Handfläche ruhen und brach in winselndes, verzweifeltes Weinen aus. Er wünschte sich Schlaf, erholsamen Schlaf und flehte um das Ende dieses alptraumartigen Wachzustands, der all seine Kräfte verbrauchte und ihm den Blick verschleierte. Ich streichelte sein brennendes Handgelenk und ließ die Gedanken abschweifen, zu den Delphinen, Schwertfischen und Walen, zu den Wesen mit einem Herzschlag wie ein langsamer Sturm. Erik entspannte sich und ließ sich bereitwillig zum Bett führen. Im Laufe weniger Sekunden fiel er in tiefen, ruhigen Schlaf, der – soweit ich es an den Augenlidern und Gesichtszügen ablesen konnte – frei von aufreibenden Träumen war.

Am Tag darauf fanden wir einen toten Käfer. Er lag auf dem Rücken, mit steifen Beinen und leicht gekrümmtem Körper, als wolle er sich gegen etwas schützen. Wir entdeckten ihn zwischen unseren Teetassen, die wir auf dem Sofatisch stehengelassen hatten. Ich sah ihn zuerst. Vom ersten Moment an, nachdem ich aufgewacht war und das Durcheinander im Wohnzimmer überblickte, spürte ich, daß etwas nicht stimmte. Ich ließ meinen Blick durchs Zimmer schweifen, und meine Augen hakten sich an einem dunklen Punkt fest, der – wie ein frischentdeckter Leberfleck – unangenehme, geradezu panische Empfindungen auslöste. Ich weckte Erik, zeigte auf den Fleck und befahl ihm, nachzusehen, was es war.

Es war ein toter Minotauruskäfer. Nach der Größe der Hörner zu urteilen, war es ein Männchen. Ein junges, erst kürzlich geschlüpftes Exemplar, das mit steifen Gliedern auf unserem Sofatisch lag und dazu verdammt war, die Kolumne der ungeklärten Todesfälle zu bereichern. Ich erwartete, daß Erik – wie gewöhnlich bei solchen Unglücksfällen – eine genaue Untersuchung des Bestandes durchführen würde, um Katastrophen auszuschließen. Die letzte Epidemie noch in guter Erinnerung, befürchtete ich ein neuerliches Chaos. Doch nichts dergleichen geschah.

Erik regte sich nicht auf, sogar Gefühlsduselei blieb aus. Mit leerer Miene warf er den toten Käfer schleunigst in den Papierkorb, schlug seinen Aktenordner auf und trug – wie aufs Geratewohl – einige Zahlen ein, nur um kurz darauf den Deckel mit lautem Knall wieder zuzuschlagen, sich wie irrsinnig die Hände zu reiben und gelassen in seinen durchgesessenen Sessel zurückzukehren. Der Sessel, der immer weiter aus dem Zimmer wegzurücken schien und hinter Tischen, Stapeln von Büchern, staubigen Terrarien und vertrockneten Zimmerpflanzen verschwand, hüllte Eriks abgezehrten Körper gleichsam ein. Mit keiner Silbe erwähnte er unseren fatalen Fund, und ich begrüßte es – im Hinblick auf seine instabile Konstitution –, die Sache im Sande verlaufen zu lassen.

Es fiel mir schwer, mich mit Eriks neuem Verhalten abzufinden, noch schwerer allerdings war es zu verstehen. Die Zuckungen, die sein Gesicht eine Weile entstellt hatten, waren verschwunden, an ihre Stelle trat jedoch eine Reihe anderer Unsitten. Er rieb sich die Hände, wippte mit den Füßen oder trommelte mit den Fingerspitzen, sobald er erwachte. Diese anhaltenden, einförmigen Bewegungen, die er zwanghaft ausführte, machten mich nervös. Ihnen zog ich die Phasen der Antriebslosigkeit vor. Einige Stunden nach dem Zwischenfall mit dem Käfer hörte ich, wie Erik sich aus dem Sessel erhob, sich lange und rhythmisch die Kopfhaut kratzte und in den Schlafalkoven ging. Als ich seinen Namen rief, antwortete er nicht, und ich dachte mir, daß er sich wieder hingelegt hatte, obwohl es noch nicht einmal Mittag war.

Lautlos verschlief er den ganzen Tag. Die schönen, schmalen Hände auf der Decke ausgestreckt, lag er Stunde um Stunde regungslos da, in ein und derselben geisterhaften Position. Ich stellte den Küchenstuhl neben sein Bett und wachte über seinen Schlaf. Von Zeit zu Zeit legte ich ihm ein kaltes, feuchtes Tuch auf die heiße Stirn. Eriks Nacken und Schläfen dünsteten eine lauwarme, nach Milch riechende Flüssigkeit aus, die manchmal an scharfen, beißenden Schweiß erinnerte. Als er sich gegen 23 Uhr endlich bewegte, tat er es nicht ruckartig, sondern langsam rollend, als steckte sein Körper in einer zähen Flüssigkeit. Um Mitternacht erwachte er genauso unvermittelt, wie er annähernd elf Stunden zuvor eingeschlafen war, stand auf, trank drei Tassen kalten Tee und setzte sich in den Sessel. Ich war zu müde, um ihm von den vielen toten Käfern zu erzählen, die ich im Laufe des Tages überall in der Wohnung sterbend oder tot aufgefunden hatte. Statt dessen versuchte ich, meiner Sympathie Ausdruck zu verleihen, indem ich mich dicht an seinen abgekühlten Körper schmiegte und seine Hand dort streichelte, wo der Puls nach wie vor mit der Trägheit des Herzschlags eines Bartenwals schlug. Möglicherweise reagierte in ihm etwas auf die Wärme, die ich ihm entgegenbrachte, doch zu merken war nichts. Fasziniert beobachtete ich den Mann, den ich vor fast einem Jahr kennengelernt hatte. Es lag etwas erschreckend Schönes in den leeren Augenhöhlen und den Falten auf der Stirn, die mit einemmal geglättet und eben wirkte. Mein Eindruck, daß er sich nun vollständig der Teilnahmslosigkeit verschrieben hatte, erwies sich jedoch als falsch. Im Gegenteil, hinter seiner Hirnschale arbeitete es angestrengt. Wenn ich mich nahe genug zu ihm hinüberbeugte, konnte ich einen perlmuttfarbenen Schimmer auf seinen Augenlidern erkennen. Seine glänzenden, fahrigen Augen sahen listig aus. Ich erinnerte mich an einen aufgeschnittenen Fisch, aus dessen Schwimmblase die gleichen fluoreszierenden Dünste entwichen, und der Gedanke, das Bett mit diesem im Verfall begriffenen menschlichen Wrack zu teilen, dessen herausragende Eigenschaft der Verlust seiner Virilität war, verursachte mir Übelkeit.

Seit der Nacht im Hotel »Oremus« und Eriks peinlichem Versagen hatten wir nicht mehr miteinander geschlafen. Daran änderte auch die Tatsache nichts, daß ich ihm jetzt erlaubte, seinen feuchten Körper an meinen zu schmiegen. Die Umarmung schuf keine erotische Spannung, sondern erinnerte eher an die Gepflogenheit der Amphibien, sich im Winter aneinanderzudrücken, um die Temperatur zu halten. Erik schlief, ungeachtet der drei Tassen Tee, sofort wieder ein. Er kauerte in der Embryonalstellung, und sein Mund stand, wie bei einem Säugling, halb offen. Einmal seufzte er, dann legte sich die Nacht zwischen uns, wie eine Wand aus Gnade, und der Schlaf führte uns auf getrennte Wege.

Am nächsten Tag, einem Dienstag – was mir besonders gegenwärtig ist, da am selben Morgen eine weitere merkwürdige Postkarte von Sandemann auf dem Flurteppich landete –, konnte ich Erik trotz seiner schlechten Verfassung nicht länger verschweigen, daß eine Katastrophe die Käferkolonie auszulöschen drohte, daß die meisten tot waren oder im Sterben lagen und nur eine geringe Anzahl noch bei guter Gesundheit war. Ich wollte mir nicht anmaßen, beurteilen zu können, welcher Natur ihr Leiden war, doch irgend etwas sagte mir, daß es sich um innere, irreparable

Schäden des Nervensystems handeln mußte. Als die Uhr vier schlug und Erik sich endlich aus dem Bett bequemte, stellte ich den Aktenordner zusammen mit seinem Kaffee vor ihm auf den Tisch. Ich dachte, es könnte der Forschung von Nutzen sein, wenn schon sonst alles zusammenbrach, zumindest bis zuletzt über den tragischen Verlauf der Ereignisse Protokoll zu führen. Erik nahm, eher um mir einen Gefallen zu tun als aus eigenem Antrieb, den Aktenordner in seine schwachen Arme, ergriff den Füllfederhalter und trug 87 schwarze Kreuze in die Tabelle ein. Vor uns lagen säuberlich aufgereiht die toten Insekten. Ich hatte zwei Stunden gebraucht, um sie einzusammeln, und der bloße Anblick dieses plötzlichen Massensterbens ließ ihn kraftlos in den Sessel fallen und in erschöpftes Weinen ausbrechen. Mit hochgezogenen Schultern und gekrümmtem Rücken schüttelte er sich wie ein Epileptiker während eines Anfalls. Die Apathie hatte ihn geschwächt, nicht einmal Tränen flossen. Dieses stille, tränenlose Weinen überschritt die Grenze des Erträglichen; es offenbarte den Schrecken in seiner nacktesten Form; es war das Flehen eines Verurteilten um Gnade und zugleich der Beginn des Wahnsinns. Der Tod im Innern der Bretter und Balken hatte aufgehört, die Zeit zu zählen. Die Zeit im Stundenglas, sie war abgelaufen.

Von meinem Platz auf dem Sofa hatte ich einen guten Blick auf das Schauspiel, das Eriks Körper bot. Zitternd saß er in seinem Sessel und versuchte, seine ausgemergelten Glieder dazu zu bewegen, ihm zu gehorchen. Neben ihm, auf dem Schreibtisch, nur wenige Zentimeter von seinen Fingerspitzen entfernt, standen grüne und braune Dosen. Sie enthielten ein mit Vitaminen angereichertes Medizinpulver, das er den Käfern verabreichte, wenn ihre Gesundheit aus der Balance zu geraten schien. Nun streckte er erfolglos die

Hand aus, um eine der Dosen zu ergreifen. Ich selbst verhielt mich ruhig und nahm wieder die Rolle der beobachtenden Empirikerin ein. Er war jetzt schwach, sehr schwach und würde nicht mehr lange durchhalten. Außerdem konnte er natürlich nicht wissen, daß ich vor langer Zeit die albernen Multivitamine in den Ausguß gekippt hatte und er somit versuchte, an zwei leere Dosen zu gelangen. Mich überkam bei dem Anblick ein Gefühl des Ekels. Er schien plötzlich in seiner wahren Gestalt vor mir zu sitzen: verweichlicht und mit dem Zeichen des Untergangs auf der Stirn. Bleich, willenlos und außerstande, sich aus eigener Kraft zu erheben, warf er mir flehende Blicke zu. Doch ein Mann in seinem Alter hätte wissen müssen, daß man dem Tod allein begegnet. Ich ließ ihn deshalb stöhnend in den Sessel zurücksinken, in dem er eher hing als saß, damit er von Angesicht zu Angesicht seinen Fehlern ins Auge sah und mit ihnen abrechnen konnte. Danach ging ich in die Küche, um Staubtücher und Reinigungsmittel zu holen. Das Merkwürdige an Eriks Wohnung war, daß alles Putzen nichts half, soviel man auch wischte, schrubbte und sprühte – die Räume wirkten immer schmutzig. Nach meinem gründlichen Reinemachen, dem Erik mit halbgeöffnetem Mund, aus dem ihm der Speichel über das Kinn rann, zusah, kehrte ich in die Küche zurück, um mir den nächsten Zug in meinem Schachspiel mit Herrn Sandemann zu überlegen. Die Ansichtskarte, die heute morgen durch den Briefkastenschlitz gesegelt war, stellte Orests Mord an Klytämnestra dar; und außer dem Gegenzug enthielt sie eine Nachricht, neben deren erschreckendem Inhalt Eriks Zustand belanglos erschien.

*Brüssel, den 17. Februar*

*Lieber Bruder,*
*endlich die unangenehme Mordgeschichte geklärt, mit der unsere Brüsseler Kollegen in den letzten Tagen behelligt wurden. Habe bis zum 3. März dienstfrei beantragt, da reise ich nach Portugal, um unseren Mann in Lissabon zu treffen. Gedachte, Malmö vorher einen Besuch abzustatten, genauer gesagt am 21. Februar, und dachte, ein Treffen würde angenehm sein. Vielleicht können wir nach Kopenhagen hinüberfahren, ich habe den Poststempeln Deiner Briefe entnommen, daß Du Dich oft dort aufhältst. 6. Lc4.*

*Sandemann*

Nachdem ich die Nachricht überflogen und vergeblich versucht hatte, mich zu überzeugen, daß das Ganze ein Scherz sei, verwandelte sich meine Neugier in reines Unbehagen. Die romantischen Vorstellungen von Nächten in Casablanca und verführerischen, mit Keuschheit belegten Priesternovizen verblaßten plötzlich. Der Speichel im Mund wurde trocken, und die Handflächen klebten. Sandemann war offenbar eher ein polizeilicher Ermittler als ein Mann der Kirche, und wenn es etwas gab, womit ich nichts zu tun haben wollte, dann war es ein Vertreter des Gesetzes. Die Tatsache, daß mein Schachkorrespondent auf dem Weg war, in der kleinen schwedischen Stadt auf der anderen Seite des Sundes höchstpersönlich vorstellig zu werden, nur wenige Meilen von hier entfernt, war befremdlich, geradezu undenkbar. Bis zu Sandemanns Ankunft blieben mir noch einige Tage, und da ich zumindest bemüht sein mußte, die Katastrophe abzuwenden, setzte ich mich hin und formulierte einen

Text, von dem ich hoffte, daß er seine Wirkung nicht verfehlen würde:

*Malmö, den 18. Februar*

*Lieber Bruder,*
*erhielt heute Dein Schreiben. Ereignisse sind unterdessen eingetreten, die ich Dir vorenthalten muß und die ein Treffen unmöglich machen. Versuch unter keinen Umständen, während Deines Besuches mit mir in Kontakt zu treten. 6.d5.*

*Mit freundlichen Grüßen*
*Erik*

Die Karte schickte ich am selben Nachmittag per Expreß nach Brüssel, mit dem Wissen, daß der desparate Ton genausoviel schaden wie nützen konnte. Vielleicht ahnte ich schon damals, welchen unverzeihlichen Regelbruch ich begangen hatte und daß mir Repressalien drohten. Mir blieb keine Zeit für Sorgen: Ich mußte schließlich ein Projekt zu Ende bringen. Nachdem ich von meinem überstürzten Aufbruch zum Postamt wieder in unsere Wohnung zurückgekehrt war, machte ich mich erneut ans Putzen. Offensichtlich war es Zeit für die Endabrechnung.

Der Geruch von Reinigungsmitteln ist normalerweise mehr als aufdringlich. Wenn er jedoch den Zweck hat, einen anderen Geruch, zum Beispiel den süßlichen von Insektengift, zu überdecken, dann bekommt er einen beinah aromatischen Charakter. Ich hatte mich von Anfang an für die nach Lavendel duftende Variante entschieden. Erik mochte Lavendel. Lavendel erinnerte ihn an seine Mutter und paßte zum kühlen Stil der Wohnung. Eine große Zahl aufgebrochener Giftampullen des Typs Tetrachlorkohlenstoff verteilte sich momentan in unserem Wohnzimmer. Einige leere Ampullen lagen zwischen den Sofakissen. Ich tauschte sie gegen neue aus, deren Inhalt sich rasch mit dem Sauerstoff der Luft verband und den Raum in einen kaum wahrnehmbaren Nebel hüllte. Außerdem sprühte ich etwas Insektengift auf den Tisch, verrieb die Flüssigkeit mit einem Gummihandschuh und ließ sie gut einziehen. Auf die Schreibtischplatte sprühte ich eine kräftige Dosis Reinigungsmittel. Das ganze Zimmer war sofort mit dem Duft von Lavendel parfümiert.

Im Alkoven schlief Erik tief und fest. Aus dem Dämmerzustand zwischen Traum und Wachen rief er plötzlich meinen Namen. Vielleicht hatte er das Insektengift gerochen, vielleicht wollte er auch nur ein Glas Wasser haben. Das Radio in der Küche erstickte alle Laute und verwandelte die Wirklichkeit in ein fernes Geplätscher, während ich hinter der geschlossenen Küchentür Kaffee trank. In der Küche umgab mich stets Frieden, hier konnte ich auch in aller Ruhe den Aktenordner studieren, in den Erik sämtliche seiner entomologischen Beobachtungen notiert hatte. Der Ordner verzeichnete klar und überschaulich die Entwicklung der Käferkolonie – von den ersten vier Exemplaren bis zum Massensterben und dem Anfang vom Ende der Studie. Er dokumentierte, wie es Erik gelungen war, die ersten Familien an das künstliche Milieu zu gewöhnen; wie er mit unterschiedlichen Stoffen experimentiert hatte, um das richtige Futter herzustellen, und wie sich die Käfer vermehrten. Vor dem inneren Auge des faszinierten Lesers entfaltete sich eine Gesellschaft en miniature, man konnte aus dem Ordner aber auch noch eine andere, komplexere Erzählung ablesen – den Aufstieg und Fall des Weltenschöpfers. Die ersten Anzeichen des Unterganges offenbarten sich lange nach meinem Einzug, als die merkwürdige Epidemie ausbrach. Eriks Handschrift begann sich zu verändern, seine Ausdrucksweise wurde dramatischer, und es steht außer Zweifel, daß sich auch sein Körper bereits zu diesem Zeitpunkt mit seinen Geschöpfen identifizierte. Sein Wahnsinn manifestierte sich jedoch erst in den Aufzeichnungen der vergangenen Woche. In abgehackter Handschrift notierte er an den Seitenrändern Träume und Visionen, vermutlich unter Einfluß der halluzinogenen Wirkung des Insektengifts. Ich freute mich, diese Notizen zu lesen, da sie ein deutliches Zeugnis von Eriks Verfall ablegten. Viele Male zuvor hatte ich beobachtet, wie Männer, die unter großem Druck standen, sich in Psychosen flüchteten. Oft geschah es langsam und schleichend, doch das erste untrügliche Zeichen von Wahnsinn war immer die heimliche Niederschrift von Visionen, Geschichten und Offenbarungen, die nach einer Weile in ihre destruktiven Gegenstücke übergingen: Halluzinationen, Zerrbilder, Zwangsvorstellungen. Beim geringsten Mißerfolg fiel der Mann auf der Schwelle zum Wahnsinn wie ein Kegel um.

Arabesken hatten mich schon immer fasziniert. Während meiner abschließenden Putzrunde fand ich ungefähr hundert tote Käfer über die gesamte Wohnung verteilt. Ich leerte die Dose, in der ich sie gesammelt hatte, und bildete aus ihren Leichen ein hübsches arabeskenhaftes Muster, das vortrefflich auf die Platte unseres beigefarbenen Sofatischs paßte. Ich rief Erik. Er lag im Bett und konnte sich nicht aufrichten, reagierte aber mit einem schwachen, flehentlichen Klagen – glücklich, daß ich endlich meine Aufmerksamkeit auf ihn richtete. Als ich mich dem Schlafalkoven näherte, hob er unter Aufbietung aller Kräfte seine abgezehrten Arme, als wollte er, daß ich ihn umarmte. Er besaß noch die Energie, mich an sich zu ziehen und ein paar gurgelnde

Worte aus seiner ausgetrockneten Kehle hervorzupressen. Sein Körper ruhte leicht in meinen Armen, und ich spürte sein Herz mit der Geschwindigkeit eines verschreckten Vogeljungen pochen. Es war notwendig, die Umarmung abzubrechen, bevor mich Unbehagen befiel: kein Ekel oder Abscheu, nur eine Art Unbehagen, das sich der Reue verdankte. In entscheidenden Augenblicken wie diesen muß man jedoch hart bleiben und sich auf höhere Ziele konzentrieren, bevor man dem Dürstenden Wasser, dem Trauernden Trost oder dem Sterbenden Gnade gibt. Ich schärfte meinen Blick und sah ihn vernichtend an. Die Worte, die er sagen wollte, blieben ihm im Hals stecken, und er brachte nur ein Weinen hervor. Diesmal war er ein tiefer Brunnen, aus dem lauwarmes Wasser entsprang. Die Tränen rannen meinen Hals hinab, zwischen meine Brüste, dorthin, wo sein Oberkörper erschlafft ruhte. Er versuchte, etwas von Verzeihung oder Versöhnung zu murmeln, davon, daß er mich vernachlässigt und nicht so sehr geliebt habe, wie er es hätte tun sollen. Vielleicht versuchte er auch, mir die Frage nach dem Warum zu stellen. Mit letzter Kraft gelang es ihm, meine Hand an seine Lippen zu heben, als wollte er mit einem Kuß unseren Bund jenseits des Schicksals besiegeln, das bereits in seinen Augen geschrieben stand. Er wußte nur allzu gut, daß das Ende nahe war.

Ich trug ihn in den Sessel und setzte ihn so hinein, daß sein Blick auf die Tischplatte fallen mußte. Als hätte er geahnt, was ihn erwartete, griff er nach dem Aktenordner, den ich ihm in den Schoß gelegt hatte. Mit der anderen Hand hielt er einen Stift. Dann hob er den Blick zu der Arabeske aus toten Käfern. Vor ihm lag der Schluß der Geschichte, den Schauder verschönernd und die Schönheit besudelnd, eine Ranke, die ich gewunden hatte. Nichts war mehr zu tun. Freiwillig, geradezu begeistert, zeichnete Erik mit kindlicher Schrift schwarze Kreuze in den Aktenordner. Viereck für Viereck, Kolumne für Kolumne erhielt sein Werk die endgültige Form. Eine Form, die bezeugte, daß das Projekt seinen Schlußpunkt erreicht hatte, daß ein Lebenswerk abgeschlossen war – und damit auch ein Leben. Bevor ich ihn, eingepfercht zwischen todbringenden Ampullen, zurückließ, stellte er mir eine Frage. Ihm blieben dazu nur die Augen, zum Sprechen war er zu schwach. Sein Blick schien zu fragen, was aus seinem entomologischen Experiment, aus der großartigen Studie werden würde.

»Du bist es, Erik«, sagte ich ihm zum Abschied, »du bist das Experiment.«

Zum erstenmal seit vielen Wochen war der Himmel klar. Das frühlingsblasse Sonnenlicht bahnte sich seinen Weg durch die verstaubten Fensterscheiben und erhöhte die Temperatur in den leeren Terrarien. Ich zog mich an, ging die knarrende Treppe hinunter, die ich neun Monate zuvor in meinem aufreizendsten Kleid hinaufgestiegen war, und trat ins Freie, um die ersten Stunden meiner Wiederkehr ins Leben zu genießen. Es war der 21. Februar, und Erik saß im Sessel und nahm mit röchelnden, schweren Atemzügen die gasvermischte Luft in seine Lungen auf. Ich ließ ihn zurück, so wie er war: Jeder sollte die Gelegenheit haben, dem Tod allein gegenüberzutreten.

Schon immer wollte ich die Welt in meinen Händen halten. So erklärt sich auch meine Begeisterung für die Miniatur. Als Kind schenkte mir mein Vater ein Aquarium zum Geburtstag. Natürlich wußte er, daß es sich dabei um etwas Verbotenes handelte, doch bestimmt dachte er, er könnte damit keinen Schaden anrichten, solange ich noch ein Kind war.

Wahrscheinlich wollte er auf diese Weise mein Interesse für die Zoologie wecken, denn später füllte er mein Bücherregal mit all den Klassikern vom *Bestarius* über Cuviers *Animalia Vertebrata* bis zu Buffons *Histoire Naturelle*. Ich betrachtete mein Aquarium als eine Welt en miniature und gefiel mir in der Rolle eines Schöpfers. Mit großem Eifer machte ich mich daran, Gewächse zu pflanzen, naturgetreue Felsformationen zu bauen und mir bunt schillernde Bewohner zuzulegen. Die Bücher, die ich bekommen hatte, lehrten mich, was Systeme waren, wie eine Sache ganz oben und eine andere weiter unten auszusehen hatte. Man hatte mir gesagt, der Mensch bilde sich in der Kindheit die Grundlage für seine Existenz. Auf mich jedenfalls trifft das zu. Das Aquarium stellte mich jeden Tag vor eine entscheidende Wahl: Sollte ich diese Kunstwelt untergehen lassen oder nicht? Schrittweise begann ich, grausame Experimente durchzuführen: Ich reduzierte die Nahrung, das Licht oder den Sauerstoff, nur um danach voller Freude die folgenschweren Veränderungen zu beobachten. Kaltblütig sah ich zu, wie die kleinen Fische geboren wurden oder starben, je nachdem, ob meine Laune es ihnen erlaubte. Ich sah die stärkeren Lebensformen über die schwächeren siegen, die Spezialisierten den Diversifizierten weichen, ohne daß auch nur eines der Ereignisse wirklich mein Interesse fesselte.

Als ich später mit meiner Familie brach, um mich der Organisation und ihren unergründlichen Hierarchien zuzuwenden, hatten diese brutalen Übungen den Grundstein zu meinem zukünftigen Projekt gelegt. Einige Jahre später, nach etlichen weiteren Versuchen, verlor ich allmählich die Lust an der Sache. Mir stand der Sinn nach etwas Bedeutsamerem; nach etwas, das mich lehren konnte, wie die Welt wirklich aufgebaut ist, wie ihre Grundlagen beschaffen sind. Kurz, ich wollte zum Kern der Dinge, zum äußersten Rand der Existenz, vordringen und beschloß ganz einfach, den Strom abzustellen, dem Wasser keinen Sauerstoff mehr zuzuführen und die bis dahin gut versorgten Bewohner des Aquariums nicht mehr zu füttern. Mein Plan war, der Natur freien Lauf zu lassen und mir dadurch einen noch tieferen Einblick in die Struktur des Untergangs zu verschaffen – auch wenn das bedeutete, daß meine sorgsam errichtete Welt zugrunde gerichtet wurde. Mein Vorhaben scheiterte: Wie sich herausstellte, hatte ich meine Rolle als Weltenschöpfer völlig überschätzt. Nach einigen Wochen totaler Verwüstung, als nahezu alle Fische an Hunger oder Sauerstoffmangel eingegangen waren, die Pflanzen sich vom Grund gelöst hatten und die Leiter von einer widerwärtigen, schleimig-grünen Algenschicht bedeckt war, konnte ich den Verfall nicht länger ertragen. Die Schnecken, die sich explosionsartig vermehrt hatten und immer größer wurden, die faserigen Mikroorganismen, die das saubere Wasser in eine trübe Brühe verwandelt hatten, und der Gestank verrottenden Fleisches, der dem Behältnis entwich, verursachten mir eine Übelkeit, die mich – gegen meinen Willen – veranlaßte, die lebenserhaltenden Funktionen wieder einzuschalten. Ich mußte feststellen, daß ich dermaßen an meiner eigenhändig geschaffenen Welt hing, daß die Machtverhältnisse sich umgekehrt hatten. Der Glaskasten, der nicht mehr als einen halben Quadratmeter maß, hatte plötzlich Gewalt über mein Inneres, über meine Seele. Ich war zum Sklaven meiner Schöpfung geworden. Verwundert über die Unberechenbarkeit der menschlichen Psyche, tat ich das in dem Augenblick einzig Richtige: Ich verschenkte das Aquarium an einen Freund und nahm mir vor, statt dessen alle erdenklichen Theorien über Miniaturen und diminutive Systeme käuflich zu erwerben.

Seitdem hatte ich das Glück, die Bekanntschaft vieler Sammler und Miniateure zu machen. Ich bin Menschen begegnet, die jahrzehntelang den Aufbau einer Briefmarkensammlung, einer Modelleisenbahn oder einer Bibliothek mit demselben Fanatismus betrieben wie jemand, der ein Imperium gründet. Dabei konnte ich beobachten, wie diese Artefakte in zunehmendem Maße das Denken und Fühlen ihrer Schöpfer widerspiegelten, wie sie unmerklich Macht über sie erlangten und sich schließlich wie durch teuflische Kraft selbst vollendeten – zu bleichen Kopien ihrer Bauherren wurden, um unbarmherzig und zielsicher auf deren schwächsten Punkt einzuschlagen. Dieses und vieles andere habe ich begriffen, seit ich in die Organisation eingetaucht bin und das Studium von Miniaturen zu meiner Aufgabe gemacht habe.

Im Laufe meiner Zeit als Empirikerin habe ich Modelleisenbahngleise beschädigt, in Büchersammlungen Unordnung gestiftet und Käfer vergiftet, und ich habe bei den Besitzern der Sammlungen oder Miniaturen jedesmal den Ausbruch ein und desselben Wahnsinns erlebt. Stets durchlaufen sie eine Entwicklung – vom langsamen Verfall über den Zusammenbruch bis zum Tod –, die sie bei ihren zerstörten Geschöpfen haben mit ansehen müssen. Wenn man die Obsession des Sammlers oder Miniateurs richtig verstanden hat, dann ist es eine Kleinigkeit, seine Widerstandskraft zu brechen und ihn in den Tod zu führen. Es mag finster erscheinen, sich einer solchen Aufgabe anzunehmen. Ich bin anderer Meinung. Meine Studie gilt allgemein als eine der besten, und mein Plan ist es, in der Hierarchie aufzusteigen. Man kann wohl behaupten, daß ich den Wert meiner Arbeit kenne. Erik, der sich so glücklich in der Wahl seines Faches wähnte, kannte ihn nicht.

Bald wird er zu einem Häuflein Asche reduziert sein, namenlos und mit einem hinterlassenen Werk, das nichts anderes beschreibt als den Weg des Opfers in den Untergang: Erik, der die Käfer studierte, weil er glaubte, die Welt sei tatsächlich an den Resultaten interessiert; Erik, der nicht erkannte, daß in Wirklichkeit er selbst das Studienobjekt war, ein kleiner Stein in einem großen Spiel. Wenn Erik ein Fisch in meinem Aquarium gewesen wäre, dann wäre er längst tot.

Als ich von einem fünfstündigen Spaziergang in den düsteren Hinterhof zurückgekehrt war, konnte ich Eriks Konturen im Sessel schon durch das kleine Fenster erkennen. Genauso hatte ich ihn vor neun Monaten sitzen sehen, als mich mein Plan von Karlsbad nach Kopenhagen geführt hatte. Ich war damals in meinen hochhackigen Pumps und dem roten Samtkleid, mit dem ich bei alleinstehenden jungen Männern immer Erfolg gehabt habe, die Treppe hinaufgegangen. Bequem zurückgelehnt schien er nun im sanften Schein der Stehlampe ein Buch zu lesen. Bei diesem Anblick kam es mir vor, als würde sich die Zeit im Kreis drehen.

Als ich die Wohnung betrat, schlug mir die altvertraute Stille entgegen, diesmal allerdings mit dem Unterschied, daß sich niemand in der Wohnung aufhielt. Vom Flur aus konnte ich sehen, wie das blaue Licht des Luftmeßgerätes, eine Art Leuchtfeuer im Nebel, an- und ausging. Eriks toter Körper war steif, er hatte aber seine Würde noch nicht verloren. Abgesehen vom Kopf, der schlaff auf der Brust hing, war nichts Außergewöhnliches festzustellen. Nur wenn man näher herantrat, bemerkte man das ausgehustete Blut auf dem Hemd, aus der Entfernung verschmolzen die Flecken vorzüglich mit dem orientalischen Muster des Stoffes. Der schwache Geruch, der dem Sessel noch immer entstieg, würde bald ganz verflogen sein. Ich pulte einige der leeren Kapseln heraus, die zwischen Sitzfläche und Armlehnen steckten. Die Bezeichnung Tetrachlorkohlenstoff war zusammen mit der chemischen Formel auf die Kapseln gedruckt. Ich legte Erik eine der verbrauchten Hülsen in die Hand und verschwand in die Küche, um mir eine Tasse Kaffee zu kochen. Ich war sicher, daß nicht einmal ein Arzt Verdacht schöpfen würde. Die große Menge $CCl_4$ in Eriks Lungen und Fettgewebe sowie die Langzeitschädigungen seines Nervensystems würden bei einer Obduktion zu der Diagnose führen, daß der Tod durch eine sukzessive Selbstvergiftung eingetreten war. In Entomologen-Kreisen ist es eine allgemein bekannte, wenngleich wenig beachtete Tatsache, daß die Substanz Tetrachlorkohlenstoff bisweilen zu Mißbrauch führt. Sie wird in kleinen Dosen eingesetzt, um Insekten umzubringen, in größeren Mengen inhaliert, hat sie jedoch die Fähigkeit, auf das menschliche Nervensystem einzuwirken, Halluzinationen und das angenehme Gefühl von Zeitlosigkeit hervorzurufen. Obwohl jährlich mehrfach über Gesundheitsschäden berichtet wird, die durch den Genuß des suchterzeugenden Mittels verursacht werden, spricht man nur hinter vorgehaltener Hand über die ein bis zwei Prozent der professionellen Entomologen, die Tetrachlorkohlenstoff regelmäßig in stimulierender Absicht verwenden.

Es würde also nicht sonderlich auffallen, wenn ein einsamer, zurückgezogen lebender Mann wie Erik einem solchen Mißbrauch zum Opfer fiele. Ich tat ein weiteres Stück Zucker in den Kaffee und dachte, daß in wenigen Tagen alle Spuren von Erik verschwunden wären. Es würde einige Wochen dauern, meinen Bericht fertigzustellen, und was käme dann? Dann würde ich mir wie alle anderen, die lange hart gearbeitet haben, ein paar Tage Urlaub nehmen, in Restaurants essen gehen und mir neue Kleider für den

Sommer kaufen. Alles ginge seinen gewohnten Gang, bis es Zeit für meinen nächsten und letzten Auftrag wäre. Von Erik bliebe allein die Erinnerung an die fürchterlichen, schwarzen Käfer und die peinlich genaue Schachkorrespondenz. Ich schaute mich nach dem Schachbrett um, das vorher auf dem Küchentisch gestanden hatte. Es war fort. Oder, genauer gesagt, es hatte seinen Platz gewechselt. Glänzend und mit den Quadraten, die sich zu einer perfekten Symphonie aus Schwarz und Weiß zusammenfügten, stand es auf dem Fußboden. Aller Spieler beraubt, bis auf den schwarzen König, der mitten auf dem Brett lag. Auf einem weißen Feld unterhalb der umgestürzten Figur stand in tadelloser, ein wenig femininer Handschrift: Der König ist tot.

Ohne große Verwunderung, nur mit einem konspirativen, nach innen gekehrten Lächeln begriff ich, daß Sandemann seinen Besuch bereits abgestattet hatte.

# UNSER MANN IN LISSABON

LISSABON, 3. MÄRZ 1997

Seit langem habe ich mein Zimmer nicht mehr verlassen. Herr Friedrich folgt mir auf Schritt und Tritt, er nutzt jede Gelegenheit, um mich an meine Arbeit zu erinnern: »Das Archiv, Fräulein Dolores, das Archiv ...«, raunt er mir väterlich zu, sowie ich zu träumen beginne. Nie werde ich von hier fortkommen. Immer ist jemand in meiner Nähe. Die Arbeit verschlingt all meine Zeit.

Wenn ich an meinem Tisch sitze und den Fluß betrachte, der still dahinfließt, erscheint mir mein Leben irreal. Als existiere ich nur in Form einer kleinen Fußnote, die in einer bereits vergessenen Untersuchung auftaucht. Mein Name ist im Einwohnermeldeamt nicht registriert, die Summe der Dinge, die ich in meinem Leben geleistet habe, ist unbedeutend, um nicht zu sagen, bedeutungslos, und wenn ich mich im Spiegel anschaue, dann sehe ich einen konturlosen Schatten: eine Büroangestellte, eine bejahrte Sachbearbeiterin fiktiver Untersuchungen, eine Spezialistin für doppelte Buchführung, eine traurige Karikatur menschlichen Lebens. Hätte ich einen Reißwolf, würde ich mein gesamtes Werk in Abertausende kleiner Schnipsel reißen und in alle Winde verwehen lassen. Es ist genauso mißglückt, wie mein Leben verpfuscht ist. Mein getrübter Blick folgt dem Lauf des Sekundenzeigers über das Zifferblatt, während die Stunden, die Tage und Jahre unmerklich dahinschwinden.

Das ewige Leben gibt es nicht. Weder für Menschen noch für Bücher. Ich glaube an die unerschütterlichen Gesetze der Natur. Früher oder später wird die Vergänglichkeit einen Schlußstrich unter diese Geschichte ziehen. Die Feuchtigkeit, die vom Fluß aufsteigt, wird alle Buchseiten, Aktenordner und Studien auflösen. Sie wird jeden Regalmeter archivierten Wissens in schimmelige, übelriechende Zellulosereste verwandeln. Es gibt keinen Platz mehr für weitere Nachschlagewerke oder Enzyklopädien, für Romane oder gesellschaftskritische Pamphlete, für Betrachtungen oder Chroniken. Die Welt, sie würgt bereits am Wissen. Das große Werk kann nie vollendet werden. Dies ist der Lauf der Welt, und hierin erweist sie sich als meine Verbündete.

Ich konnte schon immer die Zeit voraussagen, die jeder einzelne zu leben hat. Früher wußte ich bei dem bloßen Anblick eines vorübergehenden jungen Menschen, ob er ein langes Leben vor sich hat oder, wenn es das Schicksal nicht gut meinte, ob er bald sterben wird. Deshalb achte ich jedoch einige Menschen nicht mehr als andere. Ganz im Gegenteil: Ich respektiere jedes einzelne Individuum. Leben und Tod scheinen mir von der Fähigkeit abzuhängen, das Unvermeidliche zu akzeptieren, sich mit geradem Rückgrat und festem Schritt einen Weg durch die Trägheit zu bahnen.

Wenn man leben möchte, muß man sich ein Ziel setzen. Alle Menschen sollten sich ein Ziel setzen. Faulheit oder Gleichgültigkeit sind die größten Hindernisse. Sie verleiten den Menschen zu einem ungesunden Lebenswandel. Schnell wird er zur Beute von allerlei Krankheiten und zersetzenden Gemütszuständen, und ehe er sich's versieht, ist seine Zeit abgelaufen. Vermutlich haben gerade diese Menschen eine spezielle Funktion im großen Ganzen zu erfüllen. Mir persönlich fällt es schwer, das zu verstehen. Trotzdem habe ich mich dazu durchgerungen anzuerkennen, daß man die Integrität von schwachen Individuen schützen muß.

Denn es gibt Ausnahmen, Fälle, in denen diese selbstverständlichen Verhaltensregeln ihre Gültigkeit verlieren und außer Kraft gesetzt werden, wenn auch nur für kurze Zeit. So verhält es sich zum Beispiel mit denjenigen, die in die Operation B verstrickt sind. Ein chaotisches Projekt, das bisher nichts Positives hervorgebracht hat, höchstens eine feierliche Verleihung der Doktorwürde und eine langwierige Verbrechensanalyse, obwohl es in diesem Moment – ich notiere, daß jetzt, am 3. März 1997, die Uhr gerade eine Minute vor Mitternacht anzeigt – ein abgeschlossenes Kapitel sein sollte. Ein Kapitel, das eng mit meinem Leben verbunden ist. Ich möchte deshalb die ganze Geschichte erzählen. Eine Geschichte über Vincent, meinen Freund und Waffenträger, über unsere intensive, inzwischen Jahre zurückliegende Freundschaft in einem anderen Land. Mir ist wichtig zu betonen, daß Vincent und kein anderer der Urheber der Operation B ist. Gerüchte werden die Wahrheit verzerren, doch seien Sie auf der Hut, lassen Sie sich nicht irreführen.

Würde Vincent noch leben, hätte er sich genau wie ich darüber beklagt, daß die Dinge, nachdem sie eine so dramatische Wendung genommen hatten, einfach im Sande verliefen. Ich will damit nicht sagen, daß er allein hinter dem großen Projekt stand oder daß es ausschließlich seine Schuld war, daß die Operation Schiffbruch erlitt. Alle Beteiligten tragen einen gleich großen Anteil an der Schuld und ein gleich großes Maß an Verantwortung. Wenn einer oder zwei scheitern, können ihre Fehler das gesamte System aus der Balance bringen. Das waren Vincents eigene Worte, und er legte frühzeitig Wert auf eine korrekte Verteilungspolitik. Stets wies er darauf hin, daß die Menschen, die Verantwortung übernehmen, in der Regel an ihrem trüben und sinnlosen Dasein festhalten. Bleibt die Frage, was sie sonst hätten tun sollen. Vincent hätte zweifellos geantwortet, daß sie ihr Leben mit Dingen von Bedeutung ausfüllen sollten.

Mit der Zeit entfernte er sich jedoch Schritt für Schritt von seinen eigenen Lehrsätzen. Er bemerkte nicht, wie die Disziplin allmählich an ihm abperlte wie Wasser an einer fetten Gans und wie statt dessen Trägheit, Gleichgültigkeit und Selbstgerechtigkeit zu Bestandteilen seiner Persönlichkeit wurden. Wie so viele andere erfolgreiche Männer tappte er am Ende in seine eigene Falle. Man denke nur an all die Kardiologen, die ihr Leben der Forschung widmeten, um dann selbst an Herzverfettung oder Blutgerinseln zu sterben, oder an kühne Tiefseetaucher, die auf ihrer Suche nach den Geheimnissen der Meere zuletzt einen Irrtum begehen und als Beiwerk der grünschimmernden Flora auf dem Meeresgrund endeten. In Vincents Fall übernahm seine Frau das Amt des Scharfrichters.

Nach den Verhörprotokollen, die Sandemann mir vorige Woche aus Brüssel schickte, schien sie nicht in der Lage zu sein, ein triftiges Motiv für ihre Tat zu nennen. »Ich hatte genug«, wiederholte sie immer wieder. »Ich hielt es nicht mehr aus.« Ich verstehe sie. Wie soll man es über Jahre hinweg aushalten, wenn der Ehemann Gegenstand der eigenen empirischen Studien ist und sich gleichzeitig zu einem rückgratlosen Pornographen entwickelt?

Seltsam ist, wie abrupt das Leben seine Richtung ändern kann. Wie sich ein junger, ambitionierter Mann im Laufe der Jahre in einen antriebsschwachen Greis verwandelt. Wie man plötzlich feststellen muß, daß der Mann, den man für einen der engsten Freunde gehalten hat, sich als Feind entpuppt. Wie der eigene Untergebene auf einmal die höchsten und begehrtesten Posten erhält. Wie das, was man früher von ganzem Herzen begehrte, zu einer Handvoll Staub zerfällt. Das ist wirklich seltsam. Vincent hätte gesagt, Enttäuschungen machen den Menschen zynisch, aber ich kann ihm nicht zustimmen. Mich hat die Niederlage demütig gemacht, und ich habe gelernt, mich stärker zu disziplinieren und fleißiger darum bemüht zu sein, die natürliche Ordnung aufrechtzuerhalten. Vielleicht liegt hierin der Unterschied zwischen Vincent und mir – in der Fähigkeit, Disziplin zu bewahren. Er war schließlich trotz allem niemals einer von uns.

Wir, Vincent und ich, begegneten uns zum erstenmal an der Princeton University in New Jersey im Juli des Jahres 1964. Wir waren gleichaltrig, am selben Tag geboren – was ich sofort als Omen interpretierte – und hatten soeben das 24. Lebensjahr vollendet. Wir studierten dort drei Jahre lang. Mir war aufgetragen worden, einige Kurse in »Mitarbeiterführung« und »Archivwissenschaft« zu besuchen, und er war freiwillig angereist, um Kurse in Philosophie und Semantik zu belegen. Vielleicht fühlten wir uns zueinander hingezogen, weil wir beide Europäer waren. Anfangs verhielt ich mich abweisend und zögerte bei dem Gedanken, einen Außenstehenden zu treffen. Mein Kontaktmann an der Universität – ein älterer Herr – hatte mich eindringlich davor gewarnt, mich mit anderen Studenten abzugeben. Er selbst ging leider nicht mit gutem Beispiel voran. Vermutlich verlor er während seines langjährigen Auslandsaufenthalts den Respekt vor den Vorschriften, oder er konnte die Isolation auf Dauer nicht ertragen. Spät nachts beobachtete ich ihn, wie er im Schutz der Dunkelheit, in hitzige Gespräche mit Kollegen vertieft, umherspazierte. Ohne es zu ahnen, wurde er bald darauf zu meinem Vorbild: Ich begann, mich nach der Abenddämmerung im Café unter den großen Kastanien regelmäßig mit Vincent zu treffen.

Vincents Gabe, gelassen in der Gegenwart zu leben, begeisterte mich, und ich vertiefte – wider besseres Wissen – unsere Freundschaft. Mit bewundernswerter Finesse mied er alles, was der Vergangenheit angehörte, nicht, weil er etwas zu verbergen hatte, sondern um sich an das Geheimnis heranzutasten, das mich umgab. Anstatt über Vergangenes zu reden, besprachen wir jede Kleinigkeit, die wir in unseren Seminaren gelernt hatten. Meistens erzählte er von seinem Lehrstoff, über meine Kurse gab es ja nicht allzuviel zu berichten. Stundenlang konnte sich Vincent über ein Thema auslassen, das in der letzten Vorlesung an seinem Institut behandelt worden war oder worüber er gerade gelesen hatte. Manchmal schob er einen ganzen Abend lang die gewöhnlichsten Fragestellungen hin und her, drehte und wendete sie, um alle erdenklichen Antworten zu prüfen, zu verwerfen und statt dessen eigene Fragen und Antworten zu komponieren, die in Sinnlosigkeiten gipfelten. Um meine Unkenntnis in den humanistischen Disziplinen zu überspielen, tat ich so, als ob ich ihm folgen könnte, und prägte mir alles mit größter Genauigkeit ein. Schon damals bewunderte ich ihn vorbehaltlos, war jedoch stets darauf bedacht, alle Anzeichen von Zuneigung zu verbergen, aus Angst, ihn zu verlieren. Meine Lektüre bestand damals meistens aus Darwin und der obligatorischen Kursliteratur – kein Wunder, daß es für mich ein Erlebnis war, an Vincents Weltsicht teilhaben zu dürfen. Alles, was er mir erzählte, sog ich dankbar auf.

Manchmal erkannte ich in seinen Theorien Fragmente oder Ideen meiner Seminare wieder, dann versuchte ich, Vincent zu überreden, ausführlicher zu werden. Einmal dozierte er über Sprache, und ich fragte ihn taktvoll, ob er glaube, daß es Adam gewesen sei, der allen Tieren ihre Namen gegeben habe, so wie Moses es überliefere. Ein anderes Mal wagte ich nachzuhaken, ob auch er der Meinung sei, daß man ein Buch verfassen könne, das das gesamte Wissen der Menschheit enthalte, und was wohl mit dem Menschen geschehen würde, der die Möglichkeit bekäme, diese Enzyklopädie zu lesen. Eine Weile später änderten sich unsere Gespräche und liefen immer nach demselben Schema ab. Wenn ich von Mängeln in der Katalogisierung der Bibliothek sprach, bemühte sich Vincent, zu ergründen, worin das Problem möglicherweise bestehen könnte; wenn ich die groben Raster der Einteilung in Carl Linnés Klassifikationssystem kritisierte, dauerte es nicht lange, bis er eine bessere Alternative lieferte; und wenn ich schließlich den Aufklärungsgedanken insgesamt monierte, konstruierte er ein neues Weltmodell, das die notwendige Verknüpfung der Dinge auf einfachste Weise erklärte. Vincent war, soviel stand fest, ein Mann, der sich nicht mit naheliegenden Lösungen zufriedengab. Ich mußte akzeptieren, daß mein eigener Intellekt sich nicht mit seinem messen konnte; als Folge dieser Einsicht tauchte das Wort »Mittelmaß« störend oft in meinen Gedanken auf. Ich hatte mir bisher nie etwas anderes vorstellen können als das, was bereits für mich bestimmt war und was mich nach meinem Examen erwartete.

Gegen Ende des fünften Semesters erhielt ich ein Dossier mit einem Zeitplan für die Aufgaben, die ich zu Hause in Portugal erledigen sollte. Das war nicht ungewöhnlich. Schon lange wurden in der Archivierung neue Prinzipien gefordert, und nun war eine Gruppe von zwölf Personen auserkoren, die Verfahrensweisen und Handhabungen im Hinblick darauf zu überprüfen, was verbessert werden konnte. Mein Name stand auf der Liste der Auserwählten an dritter Stelle.

Es ging darum, eine Methode zu finden, die ständig wachsende Menge neuer Themengebiete, mit denen unsere Empiriker die Welt überschwemmten, besser zu überschauen. Die Wissenschaftler, so schrieb man mir, tendierten dazu, sich mehr und mehr zu spezialisieren, die Zahl der Fachleute werde immer größer und die Abgrenzungen der Themen immer fließender. Mathematik sei nicht mehr Mathematik und Kartographie nicht mehr Kartographie. Um diese Entwicklung handhaben zu können, machte man die Auserwählten darauf aufmerksam, daß schnelle und effektive Maßnahmen erforderlich seien. Der Stoß Papier schloß mit einer Parole: *Neue Zeiten – neue Methoden*.

Meine Aufgabe war bescheiden, sogar sehr bescheiden. Ich gehörte zu einer Papierexpertenkommission, die in einem Zeitraum von zehn Jahren statistische Angaben aus sämtlichen Akten eines eigens für dieses Vorhaben ausgewählten Archivs sichten, zusammenrechnen und auswerten sollte, und zwar nach der alten Methode. In einem anderen Archiv würde ebenfalls ein Auserwählter sitzen und genau dieselben Arbeiten nach der neuen Methode ausführen. Die Ergebnisse würden einander gegenübergestellt werden, und man könnte so die möglichen Vorzüge des neuen Systems messen. Ich hatte nie mit einer besseren Aufgabe als dieser gerechnet. Schon von Kindesbeinen an hatte man mich auf eine eher gewissenhafte und Geduld erfordernde Tätigkeit im Archivbereich vorbereitet, eine Tätigkeit, wie sie die erfolgreichsten Vertreter meiner Familie zugewiesen bekommen hatten. Ich war nur ein Glied in der Kette bedeutender Verwandter, die sich dank harter Arbeit und listigen Ränkeschmiedens auf dem hohen Niveau in der Hierarchie halten konnten, das ein genialer Ahn einst erklommen hatte. Das Archivieren war meine Bestimmung, meine Berufung, trotzdem blickte ich meiner zukünftigen Arbeit mit Mißtrauen entgegen. Es sah so aus, als würde mein Leben in kurzer Zeit aus einer endlosen Reihe grauer Tage bestehen, in einem entlegenen Büro am Rande irgendeiner mitteleuropäischen Industriestadt. Ich weiß, daß mich viele um meine Position beneideten und es für die meisten ein schwindelerregender Gedanke war, sich vorzustellen, die Übersicht über einen Bereich unserer gewaltigen Organisation zu haben. Denn nur wenige erhalten jemals Einblick in ein Archiv. Die meisten haben sich mit dem Dasein eines Empirikers und seiner eingeschränkten Perspektive zu begnügen. Sie müssen an einer streng begrenzten Studie arbeiten und ihre Ergebnisse abliefern – ohne Dank und mit der Pflicht, sich später aus allem herauszuhalten, bis der Tod eintritt und sie von ihrem Vertrag erlöst. Doch die Empiriker leben zufrieden in ihrer Miniaturwelt; dankbar für die Aufgabe, mit der sie betraut sind, kommen sie selten auf den Gedanken, sich zu beklagen.

Ohne Zweifel hätte ich ihre Ansichten geteilt, wenn ich nicht Vincent kennengelernt hätte. Zwei Jahre nachdem wir Freundschaft geschlossen hatten, wandelten sich meine Wertvorstellungen. Ich hatte Visionen von etwas Neuem, Großartigem, das besser war als mein vorbestimmter Weg zur Archivarbeit und das Spuren in der Geschichte hinterlassen würde. Ich träumte von einer Tat, einer Heldentat, die mir auch außerhalb der engen Welt des Archivs und der Aktenordner Ansehen einbrächte. Heimlich verglich ich mich mit Vincent, und ich wünschte mir, daß wir uns ähnlicher wären. Doch Vincents Interesse für die Strukturen, die jedem Ding innewohnen, für kluge Erklärungsmodelle und den Aufbau moderner Systeme wurde von einer inneren Flamme genährt, die mir, wie ich neidisch feststellen mußte, fehlte. Vielleicht konnte ich auf künstlichem Wege Genie erzeugen? Zwanghaft hoffte ich, in mir das gleiche göttliche Feuer, das Vincent auszeichnete, zu entzünden. Ich begann zu rauchen und starken Kaffee zu trinken, ich kippte Mengen billigen Brandys in mich hinein, ich hörte auf, mich regelmäßig zu waschen, und wechselte meine Kleider nur einmal pro Woche. Meinen unregelmäßigen Tagesrhythmus glich ich dem von Vincent an, und ich ahmte auch seinen schlechten Akzent nach. Es dauerte nicht lange, und ich verachtete genau wie er alles Mittelmaß und Niedrige, alles Stromlinienförmige und Simple. Ich weigerte mich, die vorgeschriebene Semesterliteratur zu lesen, weil der bloße Gedanke, daß im Vorlesungssaal weitere sechzig Personen saßen, die die gleichen Bücher gelesen hatten, mir Unwohlsein bereitete. Doch ich las nicht nur keine Bücher mehr. Ich nahm sogar davon Abstand, Vorträge und Examina zu besuchen. Am Ende grüßte ich nicht einmal mehr meine mittelmäßigen Kurskameraden. Dabei langweilte mich das Studium gar nicht. Ich hatte es immer als notwendiges Übel hingenommen – ein Übel, das man ertragen mußte, um vorwärtszukommen. Nicht ohne bitteren Beigeschmack erkannte ich nun, daß die zehn bevorstehenden Jahre als Archivarin demselben Ziel dienten – nach einem gewissen Maß an Aufopferung wird man zur Belohnung auf die Stufe gehoben, die dem Arbeitseinsatz entspricht, den man geleistet hat. Nach den obligatorischen Lehrjahren erwartete einen eine höhere und beneidenswertere Position. Mit ein bißchen Glück konnte man in eine andere Zunft versetzt werden. Womöglich in die der Organisatoren oder die der Schriftsteller. Doch warum? Starr vor Schreck begriff ich, daß genau dieses Schreckensbild meine Bestimmung war und daß keine Gesetze stärker sind als diejenigen, die der Erhaltung der Hierarchie dienen. Vincents Gegenwart in dieser Welt des hierarchischen Treppensystems zwang mich, eine Lösung zu finden.

Nachdem ich etliche Monate der Universität ferngeblieben war und statt dessen mit allerlei abwegigen Maßnahmen versucht hatte, ein wie auch immer geartetes, verstecktes Genie aus meinem Inneren hervorzulocken, erkannte ich endlich die Nutzlosigkeit meiner Bemühungen und rang mich zu der Einsicht durch, daß das Mittelmaß mein Schicksal war. Zumindest wenn ich Vincent nicht um mich hatte. Mit ihm änderte sich alles. Obwohl er den denkenden Part übernahm, konnte ich mir doch manchmal einbilden, daß ich ihm seine Einfälle lieferte. Diese Idee erfüllte mich, gerade im Hinblick auf die Zukunft, mit Hoffnung. Sie gab mir so etwas wie eine Position. Ich begann, uns als Einheit, als etwas Untrennbares und Zusammengehöriges zu begreifen. Der Gedanke an ein großartiges Werk, an eine Tat, der damals in meinem Kopf diffuse Formen annahm, knüpfte sich mehr und mehr an Vincent.

Auch Vincent besuchte die Vorlesungen nicht mehr. Er hielt sie für sinnlos. Seitdem verging kein Tag, an dem wir nicht etliche Stunden im Café verbrachten. Mein Kontaktmann warf mir immer öfter vielsagende Blicke zu, die ich jedoch nicht beachtete, weil er mit Steinen aus seinem eigenen Glashaus warf. Vielleicht war er von mir beeindruckt, denn als meine Disziplin ins Wanken geriet, sah ich, daß er sogar tagsüber mit Kollegen seines Instituts verkehrte. Hin und wieder konnte man sogar spät nachts Menschen beobachten, die sich auf seiner Veranda amüsierten und Popmusik hörten. Es wunderte mich nicht, daß dieser Mann gleich nach meiner Heimkehr ausgetauscht wurde. Mein Nachfolger, der bedeutend angepaßter war als ich, zeigte ihn wegen Regelverstoßes an. Doch das ereignete sich erst viel später.

Zu der Zeit, von der ich rede, am Ende des fünften und vorletzten Semesters, im Frühling des Jahres 1967, als ich das Dossier mit meinen zukünftigen Aufgaben zugeschickt bekam, schwelgten ich und mein älterer Kollege in verbotenen Exzessen. Vielleicht genoß ich es besonders, gegen die Vorschriften zu verstoßen und mich Ausschweifungen hinzugeben, weil ich wußte, daß man mich bald zurückrufen würde. Berauscht von der Süße der Freiheit, fühlte ich zum ersten und letzten Mal in meinem Leben eine Flamme lodern, die mit dem Feuer in Vincent zu vergleichen war. Sie flackerte wie ein Glühwürmchen im August, erleuchtete mein Inneres, das vom Los des Mittelmaßes zerfressen war – und erlosch. Es passierte eines Nachts, als ich angetrunken und schlaflos in meinem Studentenzimmer lag. Hinter meinen halbgeschlossenen Lidern offenbarte sich mir eine prachtvolle Vision. In wenigen Sekunden sah ich einen Plan vor mir, der mich in rasanter Geschwindigkeit auf die höchsten Stufen der Hierarchie befördern würde. Linien, aus weißglühendem Metall gezogen, zeigten die verworrene Struktur der Organisation, und während eines vorüberrauschenden Lavastroms begann ich zu ahnen, welche umwälzenden Konsequenzen mein Aufstieg hätte. Gleich darauf endete meine Hellsichtigkeit, und mein Intellekt sank wieder auf sein normales Niveau ab.

Erschüttert setzte ich mich im Bett auf, um aufzuschreiben, was sich mir soeben offenbart hatte, doch meine Finger konnten den Stift nicht halten, und die Gedanken nahmen keine klare Gestalt an. Es schien, als wäre ich nicht in der Lage, mich an die großartige Idee zu erinnern, als hätte sie bereits aufgehört zu existieren. Einige Minuten später mußte ich mich den Tatsachen beugen – ich konnte mich nicht entsinnen, was geschehen war. Ich wunderte mich über meine unbeständigen Gehirnfunktionen, ohne niedergeschlagen zu sein. Das Bild meines genialen Plans blieb bestehen, es war allerdings verschwommen. Die Details waren jedoch nicht das Wichtigste. Am meisten bedeutete mir meine Fähigkeit, mich innerhalb weniger Sekunden göttlicher Eingebung über das Meer des Mittelmaßes erhoben zu haben. Die Essenz der Vision, die ich am nächsten Tag nüchtern rekonstruierte, lag in dem Plan, mit meiner Arbeit für die Organisation Vincents Ideen in die Praxis umzusetzen und so Hunderte von überholten Methoden und verknöcherten Vorstellungen zu revolutionieren. Vielleicht kann nicht jeder die Ausmaße meines Vorhabens ermessen, doch Projekte dieser Größenordnung heben sogar den Niedrigsten unserer Organisation in ungeahnte Höhen. Und wer würde nicht sein Leben opfern, um wenigstens eine Stufe über sein vorbestimmtes Niveau zu klettern.

Mein einziges Problem, das mir schnell und schmerzlich bewußt wurde, war unsere drohende Rückreise nach Europa. Am Ende des letzten Semesters würden sich unsere Wege trennen und sich mit allergrößter Wahrscheinlichkeit nie wieder kreuzen. Wenn sein spärlich bemessenes Stipendium verbraucht war, würde er mit geringen Aussichten auf eine Arbeitsstelle in sein kaltes Heimatland zurückkehren. Ich sah das finstere Schicksal, das ihn erwartete, allzu deutlich vor mir: Vincent als taxifahrender Volksschullehrer auf dem Lande mit miserablem Lohn und wenigen oder gar keinen Privilegien. Als ich ihn nach seiner Zukunft fragte, erklärte er mir, daß alles gut würde. Mit stoischer Ruhe zündete er sich eine selbstgedrehte Zigarette an, zog seine schmutzige Jacke über und bedachte mich mit einem Blick, in dem eine unerschütterliche Zuversicht lag. Verachtete er mich damals? Mich, mit meinen teuren Kleidern und meiner gleichgültigen Einstellung zum Studium, eine junge Frau, die aussah, als habe man ihr das Wort »Elite« in die Stirn gebrannt und den rosigen Teint des Wohlstandes auf die Wangen gemalt? Ich glaube eher, daß er sich einfach nicht viel aus Menschen machte. Vincent verurteilte und verachtete niemanden, aber die einzigen Menschen, die er mit Respekt erwähnte, waren seine literarischen Lehrmeister. Über einige Philosophen meinte er: »Wir hätten einander viel zu sagen gehabt«, als wollte er zum Ausdruck bringen, daß er in der falschen Zeit oder der falschen Umgebung geboren worden war. Solche Kommentare verunsicherten mich. Ich vermutete, daß er mit seinen Worten andeuten wollte, ich sei, im Unterschied zu diesen Philosophen, eine unwürdige Gesprächspartnerin. Natürlich besaß so ein Gedanke seine Berechtigung, denn unser Verhältnis zeichnete sich weiterhin dadurch aus, daß er sprach und ich zuhörte, daß er Theorien entwarf und ich sie übernahm. In meinem Kopf entstand immer der Verdacht, daß jede beliebige Person ihm als Prellwand für seine Einfälle dienen konnte, daß ich nicht so wichtig für Vincent war, wie ich es mir erhofft hatte.

Ein Leben ohne Vincent stellte ich mir wie eine grenzenlose Abfolge monotoner und phlegmatischer Tage vor. Nun begriff ich auch, wie eng seine Gegenwart mit meiner Vision verbunden war. Nach und nach wuchs meine Überzeugung, daß unsere Freundschaft eine tiefere Bedeutung hatte; eine Bedeutung, die sich Vincent noch nicht offenbart hatte und die in einer von Nebel umhüllten Zukunft verborgen lag. Außerdem war ich sicher, daß das Leben Ruhm und Heldentaten für uns bereithielt und es katastrophale Folgen hätte, wenn Vincent aus meinem Leben verschwinden würde. Von mir hing es ab, unsere beiden Schicksale aneinanderzuketten. Die einzige Möglichkeit, unsere Freundschaft zu verlängern, bestand darin, Vincent den Eintritt in die Organisation zu verschaffen – diese Einsicht erfüllte mich gleichermaßen mit Schrecken und Bewunderung.

Lange Zeit drehte und wendete ich meinen Entschluß hin und her. Meine Kenntnis der Auswahlkriterien waren begrenzt, und meine Versuche, mir ähnliche Fälle ins Gedächtnis zu rufen, blieben erfolglos. Die Mitgliedschaft meiner eigenen Familie bestand bereits seit mehreren Jahrhunderten, und eine Sache wußte ich mit Sicherheit – von uns war nie ein Außenstehender vermittelt worden.

Ich beschloß, einen Brief an einen entfernten Kontaktmann in London zu schreiben, von dem ich hoffte, daß er mir weiterhelfen könnte, und fing gleichzeitig an, Vincents Gewohnheiten zu beobachten. Längst wußte ich, daß er ein zurückhaltender Mensch war. Er hatte keine Freunde, traf sich nicht mit Frauen und lenkte nie unnötig Aufmerksamkeit auf sich. Mir schien, er könnte sich in jedes System einfügen, wenn es ihm nur Vorteile verschaffte. Bestimmt hätte er keine Probleme damit, sich den Vorschriften anzupassen. Im Gegenteil, sie würden ihn von seinen eingebildeten Pflichten befreien. Theoretisch war er vielleicht schon einer von uns.

Die Antwort aus London ließ lange auf sich warten, sicher nicht ohne Gründe. Die geringste Abweichung von der Norm zog in der Regel minutiöse Nachforschungen nach sich. Als der Brief aus London endlich eintraf, begriff ich, daß man bereits alle notwendigen Auskünfte über Vincent eingeholt hatte und von meiner Seite keinen weiteren Bericht erwartete. Der Umschlag war in Rom abgestempelt und an alle Instanzen geschickt worden. Das Einhalten aller Regeln erforderte seine Zeit. In persönlich gehaltenem Ton erklärte die Organisation, daß sie nicht abgeneigt sei, Vincent aufzunehmen, einerseits aufgrund unserer Zusammenarbeit, von der ich berichtet hätte, andererseits, weil man seiner Vita eindeutig entnehmen könne, daß er uns von großem Nutzen wäre. Außerdem verwies man immer wieder auf den guten Ruf meiner Familie und ihr Engagement in den höheren Kreisen der Gesellschaft und betonte, daß man Vertrauen in mein Verantwortungsbewußtsein setze. Ob ich glaubte, daß Vincent sich – im Falle seiner Aufnahme – vorstellen könnte, andere, stärker praxisorientierte Aufgaben auszuführen als die bereits vorgeschlagenen? Mit dieser Frage brachten sie zum Ausdruck, daß manche – wie man sich in der Organisation ausdrückte – dazu bestimmt seien, mehr als nur einen Teil zum großen Ganzen beizutragen. Der letzte Abschnitt des Briefes war sehr ernst. Schließlich mußte man unterstreichen, daß Entscheidung und Verantwortung allein bei mir lagen und sämtliche Folgen, ganz gleich, wie die Sache endete, nur zwei mögliche Ausgänge erlaubten: Entweder wurde Vincent ein Teil unserer Hierarchie, vorbehaltlos und unwiderruflich, oder er konnte die ihm verbleibenden Tage an den Fingern einer Hand abzählen. Ich war froh, daß die Antwort dermaßen klar formuliert war und alle begriffen hatten, worum es ging. Trotzdem zögerte ich, Vincent einzuweihen – weniger aus Unsicherheit, wie er reagieren würde, als vielmehr wegen meines eigenen Unvermögens, die passenden Worte zu finden.

Die letzten Prüfungen des Semesters rückten in Windeseile näher, und ich bemühte mich verzweifelt um eine günstige Gelegenheit für ein Gespräch, als ich eines Tages in der Universitätsmensa einen jungen Mann erblickte. Er war mir noch nie zuvor aufgefallen. Er trug die gleiche dunkelgrüne Wollhose wie alle anderen männlichen Studenten, das gleiche weiße Hemd und den gleichen gestreiften Pullover. Das öffnete mir sofort die Augen – der junge Mann verschmolz vortrefflich in der Masse, er hielt sich in der Schlange vor der Essenausgabe unauffällig ganz hinten und schaute niemandem in die Augen, obwohl seine Gesichtszüge hochgesteckte Ziele und sensible geistige Anlagen verrieten. Als er an der Reihe war, um seine Bestellung aufzugeben, wählte er nach einigem Zögern zwei Schokoladenkuchen, einen Orangensaft und eine Tasse koffeinfreien Kaffee ohne Zucker und Sahne. Ich lächelte in mich hinein. Die Studentin, die in der Schlange vor ihm gestanden hatte, hatte gerade bezahlt und sich an einen Tisch gesetzt: Auf ihrem Tablett befanden sich genau die gleichen Dinge wie auf seinem. Der junge Mann hatte sich beispielhaft benommen, und ich erkannte sofort meinen Nachfolger.

Ein wenig amüsiert verließ ich die Mensa und ging nach Hause, um meine Koffer zu packen. Auf dem Fußboden unter dem Briefkastenschlitz wartete bereits das Flugticket. Daneben lag ein nicht abgestempeltes Kuvert, das eine Adresse enthielt, die ich nach meiner Ankunft aufsuchen sollte (zu meiner Verwunderung handelte es sich um eine Adresse im Zentrum Lissabons), sowie einen Brief für Vincent, den er nur bekommen sollte, falls er seine Mitgliedschaft akzeptierte. Man machte ihm das Angebot für eine Doktorandenstelle an der philosophischen Fakultät der Universität Brüssel. Das Gehalt war hoch, und der Brief war von einem Gastprofessor, einem Dr. Absomnia, unterschrieben, dessen Name so überspitzt und kompromittierend klang, daß ich in ihm sogleich einen der unseren erkannte. Er versprach, sich um den Novizen zu kümmern, und fragte, ob und wann er in der belgischen Hauptstadt eintreffen werde. Am Ende des Briefes stand noch ein kleiner, förmlicher Zusatz. Man erwarte, daß der Novize über den vorteilhaften

Posten an der Universität hinaus noch einen weiteren Auftrag übernehme. Er solle eine junge, weibliche Empirikerin mit beginnenden psychischen Problemen überwachen. Wir alle, so schrieb man, müßten uns ein Ziel setzen. Die junge Frau finde nur schwer einen Anfang für ihre Arbeit, und sie stamme zudem aus einer weniger gut angesehenen Handwerkerfamilie, der es noch nie gelungen sei, herausragende Ergebnisse zu erzielen. Man halte es deshalb für äußerst wichtig, daß sie sich endlich für eine berufliche Laufbahn entscheide und ihr Studium aufnehme. Doch sie habe inzwischen seit Monaten nichts von sich hören lassen, und die Observatoren hätten notiert, daß sie ihre Tage damit verbringe, die Wohnung zu putzen, hinter den Küchengardinen versteckt am Fenster zu sitzen und das Leben auf der Straße zu beobachten, oder aber sie lese Bücher über klassische Empirie. Diese Umstände machten es notwendig, einen Überwacher einzusetzen. Könne Vincent sich vorstellen, dieser Frau zu helfen und sie auf Lebenszeit zu observieren?

Als ich etwas später am selben Abend mit ihm in seiner kargen Unterkunft saß, plagten mich starke Zweifel, ob er die für einen Außenstehenden merkwürdig anmutenden Bedingungen akzeptieren würde. Ich war nervös und wußte nicht, wie ich auf ungezwungene Weise das Thema ansprechen sollte. Wie redet man über etwas, das dem Anschein nach gar nicht existiert und das gewöhnlichen Menschen derart fremd ist, daß einem die Worte fehlen, um es zu beschreiben? Der Slogan »Lebe im stillen« stand viele Jahrhunderte auf dem Briefpapier der Organisation. Heute ist unser Papier unbedruckt, als weise es darauf hin, daß nur etwas Obszönes seine Existenz zur Schau stelle, oder als hätte es sich für höchste Diskretion entschieden. Im stillen zu leben ist ein ungeschriebenes Gesetz, eine Vorschrift, gegen die man nicht ungestraft verstößt. Als ich nun vor der Aufgabe stand, einen Außenstehenden einzuweihen, erkannte ich plötzlich den tieferen Sinn des Slogans in seiner ganzen Bedeutung: Worüber man nicht spricht, das existiert nicht. Zuerst verschwindet es aus der Sprache und dann aus den Gedanken, und hinter diesem kompakten Schweigen liegt unser Versteck. Wie sollte ich das Schweigen brechen?

Schließlich gelang es mir doch, etwas hervorzupressen: »Ich reise zurück nach Hause.« Vincent nickte verwirrt, schien dann aber die Situation intuitiv zu erfassen. »Was wirst du machen, wenn du nach Hause kommst?« fragte er beiläufig. Wir hatten aus Prinzip oder in stillschweigender Übereinkunft nie etwas von unseren Elternhäusern, unserem Privatleben, unserer Glaubenszugehörigkeit oder unseren Plänen für die Zukunft erwähnt. Anderen Menschen wäre die Ausklammerung aller privaten Dinge sicher absurd vorgekommen, aber für Vincent und mich war sie die einzige Möglichkeit, diskret mit unseren Geheimnissen umzugehen. Wir trugen beide, wie sich später herausstellen sollte, gleich große Bürden.

In seiner kurzen Frage waren auf einmal alle Fragen enthalten, die er bisher peinlich vermieden hatte. In vollem Bewußtsein des Unangenehmen oder sogar Gefährlichen, das sie einschloß, fixierte er mich, um festzustellen, ob etwas nicht in Ordnung war und ob er sich zu weit vorgetraut hatte. Die Luft zwischen uns vibrierte vor Anspannung, während ich nochmals einige Sekunden zweifelte. Als ich mich endlich entschied, alles zu erzählen, löste sich die Spannung, und eine kühle Brise wehte durch das Zimmer. In dem Augenblick, in dem mein Mund sich langsam öffnete und meine Lippen die erste Silbe des Namens unserer Organisation formten, lehnte sich Vincent in seinem Sessel zurück, schloß die Augen und wartete auf mein Bekenntnis. Es war in der Tat eine Art Bekenntnis, und er wußte es. Er hatte erkannt, daß auch ich eine Last auf meinen Schultern trug; daß auch mir eine Geschichte auf der Seele lastete, nur benötigte ich andere Worte als er. Danach ging alles viel leichter.

Vincent ließ mich ungestört reden und reagierte nur, indem er hin und wieder ein wenig eine Augenbraue hochzog. Je länger ich von der Organisation erzählte, ohne daß sich irgendwelche starken Gefühlsregungen auf seinem Gesicht zeigten, desto sicherer wurde ich, daß wir uns einig waren. Vollkommen einig. Ich hätte ihn in diesem Augenblick vor Erleichterung und Dankbarkeit küssen und umarmen können! Wie hatte ich jemals etwas anderes von einem Mann wie Vincent erwarten können? Er gehörte nicht in die alltägliche Welt mit ihrer banalen Nichtigkeit. Die ganz, ganz kleinen Leute da draußen mit ihren geistig umnachteten Gehirnen waren es nicht einmal wert, an seinen beiläufigsten Äußerungen teilzuhaben. Vincent war ein Genie, und er gehörte mir. Den langen Monolog beendete ich rhetorisch, indem ich meinen Ausgangssatz wiederholte: »Ich reise jetzt also zurück nach Hause.«

Vincent stellte keine Fragen, er lächelte nur ein wenig, als sei er gleichermaßen überrascht und zufrieden mit dem, was er gehört hatte. Natürlich wußte er, daß ich noch nicht fertig war und daß Dinge von dieser Bedeutung nicht ohne Anlaß zur Sprache kamen. Mit der einen Hand kratzte er sich zerstreut die Kopfhaut. Die andere griff nach seinem Tabakpaket. Er richtete sich auf, zog die Strickjacke aus, bürstete sich ein paar Schuppen vom Kragen, krempelte sich die Hemdsärmel hoch, setzte sich wieder und zündete sich schließlich in aller Ruhe die erste Zigarette des Abends an. Im Zimmer war es jetzt stickig. Wir rochen beide ein wenig nach Schweiß, und vor dem kleinen Fenster braute sich ein Sommergewitter zusammen. Die Luft, die zu uns hereindrang, war heiß und erdig. Nachtfalter umschwärmten die Straßenlaternen und prallten in regelmäßigen Abständen mit einem dumpfen Laut gegen die Fensterscheibe. Wir beide saßen ganz still. Andächtig. Abwartend. Als die Zigarette heruntergebrannt war, stellte ich ganz aufrichtig die Frage, die unser beider Leben verändern sollte: »Willst du einer von uns werden?«

Derweil hatte ich aus der Brusttasche meines Hemdes den Brief hervorgezogen. Vincent las ihn interessiert, während ich seinen Gesichtsausdruck beobachtete. Seine Miene enthüllte nicht das geringste. Vermutlich gab es nichts zu enthüllen. Vincent nahm das Geheimnis der unergründlichen Hierarchie genauso gierig auf, wie ein Verhungernder nach einem vertrockneten Stück Brot greift. Er schluckte alles, sog es in sein Inneres auf, lautlos und ohne Vorbehalt. Anstandslos ließ er sich von unserem großen Organismus einverleiben. Er schenkte ihm jede Faser seines Körpers und unterzeichnete in Gedanken bereits einen unsichtbaren Vertrag. Ich konnte geradezu physisch wahrnehmen, wie etwas in ihm wuchs: wie die Einsicht in all seine Glieder, sein Fleisch, seine Sehnen, seine Knorpel und sein Blut strömte, um seiner ausgelaugten Gestalt schließlich neues Leben zu schenken.

Als er den Brief durchgelesen hatte, legte er ihn beiseite, in gebührendem Abstand zu mir, als wollte er damit ausdrücken, daß er ihn bereits als sein Eigentum betrachtete. Ich war neugierig auf seine Meinung über die großartige Arbeit in Brüssel und die Frau, die man ihm ausgesucht hatte. Fragend suchte ich seinen Blick. Als er das Gesicht hob und seine Augen auf mich richtete, fiel mir auf, daß ich sein

Aussehen nie richtig wahrgenommen hatte. Im Profil fand ich ihn mit seinen scharfen Gesichtszügen oft attraktiv. Direkt von vorn betrachtet, erweckte er einen anderen Eindruck. Die Augen standen etwas zu dicht beieinander und lagen zu tief in den Augenhöhlen, die Stirn war unverhältnismäßig hoch und für sein Alter von ungewöhnlich vielen Falten durchfurcht. Man kann sagen, sein Gesicht war – genau wie meines – doppelt. Es war ein Gesicht, aus dem man unmöglich etwas ablesen konnte, das jedoch dunkle Leidenschaften barg.

Vincent biß sich auf die Lippe und beugte sich, die Ellenbogen auf die Knie gestützt, vor, so daß wir beinahe aneinanderstießen. Mit meiner Hand hätte ich seine Halsschlagader berühren können. Es war an der Zeit, die Lasten umzuverteilen. Er hatte von der meinen gehört, und nun sollte ich die seine kennenlernen. Vincent richtete sich auf und streckte sich nach dem Brief aus, der wie eine Wasserscheide zwischen uns lag. Ich folgte den Bewegungen seiner Augen, als sein Blick abermals über das Blatt Papier flog, über die einleitenden Sätze und das verlockende Angebot einer festen Anstellung in Brüssel bis weiter hinunter zum Anhang mit seinen seltsamen Forderungen. Er räusperte sich diskret, holte tief Luft und sagte: »Nun verhält es sich aber so, daß ich mir aus Frauen nichts mache.«

Das war es also. Das war sein Geheimnis. Der Tonfall machte deutlich, daß Vincent nicht ausdrücklich etwas gegen Frauen hatte. Das war es nicht, worüber er sprechen wollte – der Inhalt des Satzes lag vielmehr in der Negation. Er wollte sagen, daß er von einer Begierde erfüllt war, die nicht durch weibliche Attraktivität und Sinnlichkeit geweckt wurde. Seine Leidenschaft galt vielmehr etwas Verwerflichem. Soviel hatte ich begriffen. Ich erkannte auch, daß er sich nicht, wie so viele andere intellektuell und ästhetisch veranlagte Männer, zum eigenen Geschlecht hingezogen fühlte. Es handelte sich um etwas vollkommen anderes. Plötzlich begriff ich, worin seine Einsamkeit und Stille wurzelten. Die Dinge, nach denen er sich verzehrte, waren so unaussprechlich und widerlich pervers, daß man sie unmöglich in Worte fassen konnte. Beschämt blickte ich auf den Teppich. Die Situation wurde mit einemmal unerträglich. Ich hatte Angst, ihn anzuschauen, und ich hatte noch mehr Angst, daß er mich anschaute; daß er mir ansah, daß ich nichts von seinem Sexualleben wissen wollte. Sein Gesicht, die Augen, die Furchen auf der Stirn, alles kündete plötzlich von seinen Obsessionen, die keine Grenzen kannten, von seinem Verlangen, das nach Machtausübung drängte, um sich Genuß zu verschaffen. Ich hatte Angst, er könnte sehen, daß ich direkt in ihn hineingeblickt hatte – und daß ich mich davor ekelte. Gleichzeitig war ich stolz. Weil wir einen Pakt geschlossen hatten, weil er sich mir trotz des schwierigen Themas anvertraut hatte und wir endlich unsere Geheimnisse kannten.

»Meinst du nicht, daß es trotzdem geht?« fragte ich schließlich und bezog mich damit auf die junge Frau, die in Brüssel auf Vincent wartete. »Selbstverständlich«, antwortete er schnell, bemüht, die gespannte Atmosphäre zu entschärfen, »selbstverständlich wird es gehen.« Mit diesen Worten besiegelte Vincent seine Mitgliedschaft in unserer Organisation, und am nächsten Tag stieg ich ins Flugzeug nach Lissabon, um Princeton, New Jersey, für immer zu verlassen.

Vincent und ich sagten einander nie Lebewohl. Wir trennten uns wie immer. Kurz bevor ich in das gelbe Taxi einstieg, nahm er mich beim Arm und fragte wie ein neugieriges Kind: »Hast du das Archiv je mit eigenen Augen gesehen?« Was sollte ich antworten? Ich hatte das große Archiv, das richtige, nie zu Gesicht bekommen, aber mein Großvater hatte mir, als ich klein war, von einem anderen Archiv erzählt. Es lag, wie er mir geheimnisvoll zugeflüstert hatte, am gottverlassenen Hafen einer Stadt, deren Namen er nicht kannte. Dort standen in einem Magazin voller Regale Akten in einer beinahe himmlischen Ordnung aufgereiht, eine Menge, die an Sandkörner in der Wüste oder Wassertropfen im Ozean erinnerte. Wohin man auch sah, überall türmten sich Stapel von Buchrücken, dünne und dicke, alte und neue, und alle waren nach den unergründlichen Prinzipien des Archivs gekennzeichnet. Er selbst hatte in den Büchern lesen dürfen: in Epikurs siebenunddreißig verlorenen Büchern über die Natur, in Leonardo da Vincis nie gefundenen Tagebüchern seiner Reise nach Mittelasien im Jahre 1484, in dem koptischen Apokryph *Evangelium nach Thomas*, in den Briefen von Jacques de Molay, datiert aus dem Jahre 1327, und in den herausgeschnittenen Seiten von Emmanuel Swedenborgs *Drömbok*, dem Traumbuch. Der Archivar hatte meinem Großvater außerdem das einzig erhaltene Exemplar des ersten gedruckten Schachbuchs sowie verblaßte Zeichnungen und anatomische Studien über die Dronte und den Riesenalk gezeigt und ihm anschließend anvertraut, daß es in diesem Archiv sogar eine handschriftliche Kopie der *Offenbarung des Johannes* in Spiegelschrift gebe, angefertigt von dessen nichtehelichem Sohn und mit Korrekturen versehen, die nur Johannes selbst ausgeführt haben konnte. Diesen Besuch vergaß mein Großvater nie, und er bewahrte die Erinnerung an die Schriften genauso liebevoll wie die an seine Kinder.

Vincent stellte keine weiteren Fragen, und das letzte,

was ich von ihm sah, war sein gebeugter Rücken im Rückspiegel des Taxis. Wir trafen uns nie wieder. Doch die Briefe, die wir im Lauf der Jahre wechselten, vertieften unsere Freundschaft, und ich glaube, daß wir uns ohne die räumliche Distanz niemals so nahegekommen wären.

Als ich in Portugal eintraf, erwarteten mich bereits meine neuen Aufgaben. Ich kann nicht behaupten, daß ich mich auf sie gefreut hätte, ganz im Gegenteil, doch da man mir ein schön eingerichtetes Büro mit allen Bequemlichkeiten zur Verfügung stellte, war ich trotz allem recht zufrieden mit der bescheidenen Verantwortung, die man mir übertragen hatte. Mein Büro lag im vierten und obersten Stockwerk eines stillgelegten Geschäftsgebäudekomplexes am Hafen, nicht weit vom Zentrum Lissabons entfernt, mit einem wunderbaren Blick auf den Fluß. Sämtliche Listen der Eingeweihten bis zu einem gewissen Rang, alle privaten Aktenordner aus einer enormen Anzahl von Themenkreisen und die meisten biographischen Aufzeichnungen und Annalen standen mir zur Verfügung. Außerdem wurde mir ein siebzehnjähriger Jüngling als mein persönlicher Assistent unterstellt. Er war rührig und schweigsam, und sein Gesicht verriet, daß er zu den Erfolgreichen und Langlebigen gehörte. Es lag außerhalb meiner Befugnis, den Standort des Archivs zu erfahren, genausowenig durfte ich wissen, ob es eines der großen Archive war oder nur eine Außenstelle. Die Akten, die ich sichten sollte, wurden früh am Morgen von einem Boten gebracht und am nächsten Tag wieder abgeholt. Mein Assistent – jung und enthusiastisch, wie er war – trug sie jeden Tag sämtliche Treppen hinauf und hinunter.

Ich hatte nie mehr erwartet als ein entlegenes Plätzchen in der Provinz und war erstaunt über die Gunst, die man mir erwiesen hatte. Es gab keinerlei Grund zur Klage, und ich versuchte, so gut es ging, die Freundlichkeit meines Wohltäters durch emsiges Arbeiten zu belohnen. Und Arbeit gab es viel. Zweifellos wäre es klüger gewesen, zehn Mann für ein Jahr zu beschäftigen, anstatt mich allein einzustellen und zehn Jahre auf das Ergebnis meiner Arbeit warten zu müssen. Doch vermutlich hatte man sich diese Entscheidung gut überlegt, und am Anfang wollte ich keine unbequemen Fragen stellen. Statt dessen kämmte ich systematisch die dicken Wälzer durch, die mein Assistent am Morgen herbeigetragen hatte. Langsam prüfte ich eine Disziplin nach der anderen und führte detailliert Buch über die Gebiete, die einer genaueren Untersuchung bedurften.

Ich erhielt regelmäßig Briefe von Vincent, in denen er auf seine zurückhaltende Art seine Arbeit an der Universität pries. Auch er schien sich über nichts beklagen zu können, im Gegenteil: Durch einen glücklichen Zufall hatte sich herausgestellt, daß Professor Absomnia sein Faible für die Paradoxien und Rätsel der höheren Logik teilte. Sie arbeiteten zusammen an einer Studie und hofften, durch sie eine Stufe in der Hierarchie aufzusteigen. Seine Briefe verrieten weder Unbehagen noch Probleme bei seinem Eintritt in die Organisation. Sein einziger Kummer war die Frau.

Sie schien, um es mit seinen eigenen Worten auszudrücken, verblüffend naiv und einfältig zu sein. Ein Psychologe, den man um Hilfe gebeten hatte, erklärte ihm, daß sie momentan eine sehr schwierige Phase durchlebe und für Einflüsse jeder Art empfänglich sei. Der Psychologe und ein weiterer Experte arbeiteten einen Plan aus, in dem sie Vincent als Lockvogel einsetzten. Einige Zeit nach der ersten Begegnung sollte die Frau von der unwiderstehlichen Lust ergriffen werden, Vincent näher kennenzulernen. Von einer Lust, die schnell den Anschein von Verliebtheit annehmen und die Frau letztlich zu der Einsicht führen sollte, daß sie Vincent in ihrem Leben nicht mehr missen wollte. Man hatte ihm versprochen, daß er nur zweimal täglich an dem Haus vorübergehen mußte, in dem sie untergebracht war. Darüber hinaus sollte er ihr eine kleine Frage stellen und alle Einladungen von ihr annehmen.

Anfangs mißtraute Vincent dem Psychologen, aber am Ende mußte er sich den Fakten beugen. Alle einzelnen Etappen des ausgearbeiteten Plans verliefen wider Erwarten erfolgreich. Inzwischen wohnte er bei der Frau, die glücklich und dabei völlig ahnungslos war, wie viele Maßnahmen es gebraucht hatte, um sie in die gewünschte Richtung zu treiben. Vincent brachte die Geschichte auf die Formel, daß sie ihn vergöttere und ihr Essen ausgezeichnet schmecke. Vermutlich waren beide glücklich, obwohl er sich über ihre Fügsamkeit und ihren Mangel an Scharfblick beschwerte.

Der erste Kontakt mit den Expertenkommissionen der Organisation mußte ihn tief beeindruckt haben, denn der Ton seiner Briefe hatte sich verändert. Es schien, als hätte er Angst, sich klar und deutlich auszudrücken, als spürte er zum erstenmal in seinem Leben den Schatten einer Macht, die stärker war als er. Vielleicht hatte er keine Vorstellung davon gehabt, wie weit die Arme der Hierarchie reichten. Ich verstand ihn. Für einen Außenstehenden ist es immer schwer zu begreifen, wie verzweigt und subtil unsere Methoden sind und welche Macht unsere Organisation besitzt.

»Was studiert sie eigentlich?« fragte er mich einmal, nachdem ihm aufgefallen war, daß sie sich jeden Abend unter dem Vorwand, sie schreibe Marmeladenrezepte auf oder höre im Radio die Sendung *Zeit für den Garten*, in die Küche zurückzog. Offensichtlich widmete sie sich dort ihrem Studium, aber er konnte nicht herausfinden, um welches Fach es sich handelte. Aber sie ging nie aus. Tagsüber saß sie zu Hause und las Bücher. Sie schrieb niemandem. Was studierte sie in der Küche, und warum war die Stromrechnung immer so hoch? Ich brachte es nicht übers Herz, ihm die Wahrheit zu sagen. Außerdem hinderten mich die Vorschriften daran, die klar und deutlich verboten, derartige Dinge auszusprechen. »Ich weiß es nicht«, antwortete ich statt dessen, »vielleicht beschäftigt sie sich wirklich mit Marmeladenrezepten.«

Bald erwähnte Vincent die Frau in seinen Briefen nicht mehr und wies lediglich darauf hin, daß der Sex ein ständig drohendes Problem sei, er erst lernen mußte, damit zu leben. Um seine eigentlichen Bedürfnisse zu befriedigen, hatte er Kontakt zu einem Antiquariat aufgenommen, das sich auf verbotene Dokumente spezialisiert hatte. Es schickte ihm regelmäßig Fotomaterial. »Die faden, artifiziellen Genüsse«, schrieb er, »sind trotz allem besser als Enthaltsamkeit.« Dann hörte er auf, mir von seinem Privatleben zu erzählen, und schickte mir statt dessen lange Berichte über die Arbeit mit dem exzentrischen Professor am philosophischen Institut. Doch die Berichte beschäftigten sich nicht mehr wie bisher mit abstrakten Formeln und logischen Problemen, sie befaßten sich mittlerweile mit humanistischen Themen. Ich wunderte mich anfangs, daß ein Mann, der nie einen Gedanken an seine Mitmenschen verschwendet hatte, plötzlich Interesse für Verhaltensmuster entwickelte. Doch wenn man sich vor Augen führte, daß er am eigenen Leib erlebte, wie die Organisation ihre Manipulationen durchführte, Ziele vorgab, die unerreichbar schienen, und Menschen aufsaugte, war es nicht weiter erstaunlich, daß die Natur des Menschen seine Neugier geweckt hatte. Immer kam er auf dieselbe Frage zurück, nämlich was es sei, woran sich die Menschen festklammerten, auf die Frage nach dem, was er »ihr trostloses und durchschnittliches Leben« nannte. Vincent fragte mich nach meiner Meinung zu diesen Dingen, aber ich fühlte mich zu sehr als Laie, um Stellung zu beziehen. Irgend etwas an dieser Frage ließ Vincent nicht los, und nach und nach nahmen seine kleinen Überlegungen die Form handfester Essays an. Nach einigen Jahren, in denen ich etliche Aufsätze von Vincent erhalten hatte, mußte ich einsehen, daß sein Vorhaben geglückt war: Er hatte mein Interesse geweckt, obwohl wir unterschiedliche Standpunkte vertraten.

Für mich stand vollkommen fest, daß die Menschen, von denen er sprach, die Kollegen an der Universität, die Nachbarn aus seinem Viertel und besonders die Frau, mit der er zusammenlebte, weder ein trostloses noch ein durchschnittliches Leben führten. Im Gegenteil, ich war überzeugt davon, daß sie glücklich und mit ihrem Leben zufrieden waren, wie durchschnittlich es in den Augen eines Mannes wie Vincent auch aussehen mochte. Vielleicht gehörten sogar die Nachbarn in Vincents Mietshaus zu den Eingeweihten, vielleicht hatten sie hinter der Hausfassade aus sandfarbener Normalität einen ausgezeichneten Schutz für ihre wahre Identität gefunden.

In den Frühlingsmonaten des Jahres 1972 erreichte unsere Korrespondenz ihren Höhepunkt. Wir schrieben uns bis zu drei Briefe täglich und diskutierten in allen Varianten weiterhin die Frage: Warum verbringen die Menschen ein ganzes Leben in Tristesse und Zurückgezogenheit? Und in Sinnlosigkeit. Ich suchte lange nach einer Formulierung, die das Vollkommene an der Mitgliedschaft erklären konnte, denn die Menschen, die Vincent meinte, waren natürlich alle Teil unserer gewaltigen Organisation. Im Laufe seiner fünf

Jahre als Eingeweihter in Brüssel war er vielen Empirikern, Assistenten, Archivaren, Observatoren, Helfershelfern und anderen Personen begegnet, deren Aufgaben sich um scheinbar kleine, in den Augen der Welt unwichtige Dinge drehten. Aber wie sollte ich ihm erklären, daß es bei uns nichts gibt, das vergeudet, sinnlos oder durchschnittlich ist? Natürlich hätte ich einfach die Fakten referieren können, ohne Umschweife und ohne überspitzte Formulierungen. Ich hätte erklären können, daß wir innerhalb unserer Organisation die Erfahrung schon immer für das höchste aller wissenschaftlichen Ideale gehalten haben; daß jedes noch so kleine Detail bei uns einen großen Stellenwert einnimmt; daß wir, um die unzähligen Details, die die Welt in ihrem Schoß birgt, studieren zu können, genauso viele geduldige und fähige Empiriker benötigen, wie es Teilbereiche gibt – daß wir nichts wären ohne all die Menschen, die ihr Leben bereitwillig der Kulturgeschichte des Regenschirms, den Verdauungsorganen der Libellen oder dem Steuerungsmechanismus der Zeppeline opfern. Außerdem hätte ich auch erzählen können, daß wir uns aus Tradition mit dem Meßbaren und Greifbaren beschäftigen, daß wir Karten über Menschen und Tiere, Gewächse und Mineralien, Städte und Flüsse, Länder und Gedankengebäude besitzen. In unseren Archiven lagern heute Dokumente sämtlicher wissenschaftlichen Disziplinen, und innerhalb der Geschichte menschlicher Fähigkeiten gibt es kaum etwas, was nicht bis in die kleinste Einzelheit untersucht, geprüft, benannt und archiviert worden wäre. Jahrhunderte über Jahrhunderte haben unsere Vorgänger an diesem gigantischen Projekt gearbeitet. Heroisch weihten sie ihr Leben empirischen Studien, erzogen ihre Kinder zum selben enthusiastischen Pflichtbewußtsein und starben mit der festen Überzeugung, daß der Ausschnitt freigelegten Wissens, den sie zur Enzyklopädie beigetragen haben, von größtem Nutzen und Vorteil für die Organisation sei. Sie alle, jeder einzelne von ihnen, haben ihren Beitrag geleistet, in dem mächtigen Werk ein Kapitel geschrieben. Wer hat das Recht zu behaupten, diese Menschen lebten ein farbloses oder durchschnittliches Leben? Wer meint, daß der Pomologe, der Planktonforscher oder der Porträtmaler keine Aufgaben zu erfüllen hätten? Wie kann ich verständlich machen, daß die Frau, die sich anschickt, alle Marmeladenrezepte der Welt zu sammeln und aufzuschreiben, wahre Pionierarbeit leistet?

Sicher hätte ich die richtigen Worte finden können, um Vincent von der Souveränität und Vollkommenheit unseres Systems zu überzeugen, doch manchmal reichen Worte – wie richtig sie auch sein mögen – nicht aus. Ich konnte ihm nichts anderes als eine Phrase bieten: »Wir alle tragen unseren Teil zum großen Ganzen bei, und ganz gleich, ob die Bürde klein oder groß, leicht oder schwer ist, spüren wir, daß wir eine Verantwortung tragen und eine Aufgabe haben.« Unmittelbar nachdem ich den Satz auf das Papier geschrieben hatte, wurde mir klar, wie banal er war und wie wenig er über unsere Arbeit aussagte. Trotzdem vermittelte mir das Bild eines stetig anwachsenden Ameisenhaufens ein unwiderstehliches Gefühl von Geborgenheit. »Unermüdlich seinen Teil zum großen Ganzen beizutragen ist trotz allem das Beste, was wir tun können.« Mit diesem Satz beendete ich meinen Brief.

Vincent nannte mich in seinem Antwortschreiben eine Idiotin, die nicht mit Sprache umgehen könne und unfähig sei, Gefühle und Gedanken verbal auszudrücken. Er schrieb, meine albernen Sätze bezeugten mein Maß an Unselbständigkeit und meine Vorliebe für Gemeinplätze, doch dieser fast schon peinliche Mangel könne mitunter dazu dienen, tiefer liegende Wahrheiten zu enthüllen. Tatsächlich habe mein Unvermögen ihm die Antwort auf seine spöttische Frage geliefert, schließlich sei gerade dieses Unvermögen die Lösung des Problems. »Verhält es sich denn nicht so«, fragte Vincent, »daß das Gefühl großer Verantwortung die Triebfeder für das Engagement all dieser Menschen ist? Dient nicht dieses Gefühl, ›seinen Teil zum großen Ganzen beizutragen‹, der gesamten Maschinerie der Organisation als Brennstoff?«

Solange ich Vincent kannte, konstruierte er mit Begeisterung Erklärungsmodelle und entlarvende Systeme; dieses Mal jedoch war er entschieden zu weit gegangen. Es reichte ihm nicht, mir Mittelmaß vorzuwerfen, er beschuldigte unsere Organisation, auf tönernen Füßen zu stehen und Menschen emotional zu manipulieren. Ich verstand nicht, was so merkwürdig daran sein sollte, das eigene Leben in den Dienst eines höheren Wertes zu stellen. Warum mußte Vincent hierin unbedingt etwas Negatives sehen? Nachdem ich seinen Brief gelesen hatte, überkam mich rasende Wut, und ich antwortete ihm mit einer flammenden Verteidigungsrede.

»Du bist zu weit gegangen«, schrieb ich, »Du hast nicht den geringsten Beweis für diese absurden und herablassenden Beschuldigungen. Deine Ausfälle sind nichts weiter als fixe Ideen, der wirren Phantasie eines verrückten Theoretikers entsprungen, leere Phrasen, reiner Nonsens. Du kannst doch wohl nicht allen Ernstes meinen, daß es die Einbildungskraft ist, die unsere Traditionen all die Jahrhunderte hindurch vorangebracht hat, daß unser Werk auf Gutgläubigkeit und nicht auf Überzeugung beruht?« Vielleicht reagierte ich ein wenig zu heftig, vielleicht provozierte das

Wort Mittelmaß mich zu einer unnötig aggressiven Replik, doch ich war mit den Formulierungen wirklich zufrieden.

Vincent allerdings war überhaupt nicht zufrieden und antwortete, daß er in seiner Wohnung den lebendigen Beweis für seine Thesen habe und davon überzeugt sei, jede Studie käme zu exakt demselben Ergebnis wie er. »Gesetzt den Fall«, schrieb er im Brief vom 23. Juli 1973, »man ließe eine Gruppe auserwählter Individuen an etwas vollkommen Überflüssigem und Sinnlosem arbeiten, an etwas weit außerhalb jeder Empirie. Stell Dir weiter vor, diese Menschen würden glauben, ihre Tätigkeit wäre von größter Bedeutung und Verantwortung und stünde außerdem in einer uralten Tradition. Mit dieser Methode«, schloß er, »könnte man jeden dazu bringen, die Blätter an einem Baum zu zählen, und zwar in der vollen Überzeugung, eine wichtige Arbeit zu leisten.« Nicht ohne Befriedigung erinnerte ich ihn daran, daß sich De Moyen bereits im 18. Jahrhundert mit dem Zählen von Blättern bestimmter Baumsorten beschäftigt und so eine mathematische Formel für das Verhältnis zwischen der Blattzahl und dem Alter eines Baumes entwickelt hatte. Das Resultat war eine Sensation, und die Originalstudie lagerte – selbstverständlich – in unseren Archiven.

Manchem mag nicht klar sein, welche Gebiete überhaupt Bedeutung haben. Wo setzt man die Grenze zwischen Empirie und Nonsens, zwischen Wissenschaft und Quacksalberei? Die Antwort darauf ist im Grunde beliebig, aber da in der Wissenschaft Beliebigkeiten nicht akzeptiert werden, hat man eine Liste mit Themen erstellt, die unter keinen Umständen zur Empirie gezählt werden dürfen. Plötzlich fiel mir ein, daß Vincent die Liste vielleicht gar nicht kannte, womöglich wußte er nichts von unserem Katalog der verbotenen Themen, der im Volksmund Peccator-Est heißt.

Diese Liste ist das einzige Dokument, das jedem Mitglied rund um die Uhr zur Verfügung steht. Jedes Archiv, ob groß oder klein, besitzt eine Kopie von ihr, und die Empfehlung – wenngleich sie selten befolgt wird – lautet, daß jeder Haushalt, besonders einer mit Kindern, eine Abschrift besitzen sollte. Ich selbst machte bereits als kleines Mädchen Bekanntschaft mit Peccator-Est. Sicher teilen viele meine Erinnerung: wie die Eltern nervös den Boten erwarteten und danach mit respekteinflößenden Gesten die Liste auf dem Fußboden oder dem Eßtisch entrollten. Sicher haben viele auch noch ihre Enttäuschung vor Augen, als das »wichtige« Dokument sich als bloße Aneinanderreihung langer Kolumnen entpuppte. Ihren tieferen Sinn begriff man erst später, auch wenn die meisten Eltern sie ihren Kleinkindern gern als erste Richtlinie zeigten. Immer wieder hört man von Mitgliedern, die von Zwangsvorstellungen verfolgt wurden, nachdem sie unvorbereitet und zu früh mit Peccator-Est konfrontiert worden waren. Sie befürchteten mehrere Jahre, daß eines der verbotenen Fächer eine unwiderstehliche Anziehungskraft auf sie ausüben könnte. Doch das sind alles Gerüchte. Die Leute übertreiben, und letztlich ist Peccator-Est nicht mehr als ein Katalog verwerflicher und unzulässiger Fächer, die in allen Stadien des Lebens mit größter Sorgfalt vermieden werden müssen. Unter der Rubrik *Spiele + Glücksspiele* sind zum Beispiel Cricket, Schach, Bridge und Poker aufgelistet, und unter der Rubrik *Hobby + Freizeit* sind nacheinander Entomologie, Philatelie, Fischer-Technik und Modelleisenbahnen verzeichnet. Ganz bestimmt hatte man vergessen, Vincent die Liste zu schicken, und nach einigen Jahren war man stillschweigend davon ausgegangen, daß er sie kannte. Vielleicht hatte er sich daher so fürchterliche Anschuldigungen erlaubt? Vielleicht bildete er sich deshalb ein, man könnte Menschen ein Leben lang mit sinnlosen Tätigkeiten beschäftigen, sofern man nur so tat, als wäre es von größter Wichtigkeit für die Forschung? Ich beschloß, sofort ein Exemplar zu bestellen, um es ihm im nächsten Brief zu schicken.

Ein leichter Ruck an der dicken Seidenkordel links von meinem Schreibtisch rief – über ein in der Wand verborgenes System aus Schnüren, Haken und Glöckchen – meinen Assistenten aus der Etage unter mir nach oben. Mit dem gleichen gesunden Gesichtsausdruck wie immer lief er die Treppe hinauf, um meine Wünsche entgegenzunehmen. Er holte die Bestellformulare, füllte sie für mich aus und versprach, dafür zu sorgen, daß sie in die richtigen Hände kommen. Man muß zugeben, daß mein Assistent für sein junges Alter sehr gut informiert war. Nach ungefähr einer halben Stunde kam er wieder die Treppe heraufgelaufen und teilte mir mit, daß die Liste unterwegs sei und voraussichtlich in einer Viertelstunde eintreffen werde.

»In einer Viertelstunde«, dachte ich bei mir, »immer diese Viertelstunde, immer diese fünfzehn stillstehenden Minuten.« Es war nicht das erste Mal, daß man mir mitteilte, daß es eine Viertelstunde dauern werde, das bestellte Material zu beschaffen. Ich überlegte, in welchem Teil der Stadt das große Archiv liegen mochte. In einer Stadt wie Lissabon, mit ihren engen Straßen und dem dichten Verkehr, sind fünfzehn Minuten kein langer Weg für einen Fußgänger. Das Archiv mußte sich ganz in der Nähe meines Büros befinden. Vermutlich konnte man es sogar von meinem Fenster aus sehen. Hinter den staubigen Fensterscheiben türmten sich Reihen ehemals weißgekalkter Häuserfassaden, verbunden durch zerschlissene, von gebleichten Laken und bunten Handtüchern durchhängenden Wäscheleinen. Ein Band wand sich zwischen, vor und hinter den Gebäuden: der Fluß. Niemals langweilten mich der Blick über die Häuserdächer und mein Versuch, mich in Gedanken fünfzehn Minuten weit fortzuzählen. Nur fünfzehn Minuten. Ich war inzwischen überzeugt davon, daß eines der schmutzigen Mietshäuser ein Geheimnis barg, direkt vor meinen Augen und doch unerreichbar.

Diese Viertelstunde, die jeder Gang zum Archiv dauerte, verbrachte ich also immer wieder, indem ich hinaussah. Doch nicht ein einziges Mal bemerkte ich etwas Auffälliges. Mein Blick streifte jeden Tag dieselben alten Frauen in ihren schwarzen Kleidern, dieselben betagten Männer in eleganten, aber abgetragenen Anzügen, dieselben spielenden Kinder und Hausfrauen, dieselben Touristen in Bermudashorts und Tennispullovern, dieselben mopedfahrenden Jugendlichen und dieselben Studenten in Polohemden. Sie alle wirkten gewöhnlich und bodenständig, beinahe wie eine Karikatur, und jeder von ihnen hätte unser Lieferant sein können. Manchmal überkam mich ein Schwindelgefühl. Dann kam es mir so vor, als wäre ganz Lissabon in eine teuflische Verschwörung verwickelt. Vielleicht bildete die ganze Stadt, maskiert durch ihre ruhige Idylle, das große Archiv. In solchen Momenten erhielt jedes anspruchslose Haus eine Bedeutung, und jedes Stadtteilkino barg auf einmal Geheimnisse. Dann schienen mir sogar die Kinder, die seilsprangen und mit blaßgelber Kreide seltsame Muster auf den frischgepflasterten Bürgersteig malten, Rollen zu spielen und in regelmäßigen Abständen schelmische, vielsagende Blicke zu meinem Fenster hinaufzuwerfen. Einmal hatte ich versucht, meinen Assistenten nach dem Lieferanten zu fragen, in der Hoffnung, daß seine Jugendlichkeit eine gewisse Naivität einschließen würde, doch er schwieg mit der gleichen höflichen Kühle und loyalen Gutmütigkeit, mit der er sonst Befehle ausführte. Ich fürchtete, eine traurige Figur abzugeben, und stellte die Befragungen ein, um wieder an mein Fenster über der Stadt zurückzukehren. Der Stadt, von der ich glaubte, sie würde eines Tages einen Fehler begehen und ihr Geheimnis lüften.

In den ersten Jahren bestellte ich manchmal mehrmals am Tag Material aus dem Archiv in mein Büro. Einen Teil der Unterlagen benötigte ich für die Arbeit, den anderen, um meine einförmige und triste Tätigkeit abwechslungsreicher zu gestalten. Denn das Lesen von Akten war bedeutend anregender als Studien über ephemere Fachgebiete zu katalogisieren, in denen sich nur Experten auskannten. Ich begann mich zu langweilen und überlegte, was aus meiner großartigen Vision geworden war: aus dem Ziel, das System zu revolutionieren, mich von der Masse abzuheben, aufzusteigen und eine kleine Sensation zu vollbringen. Immer seltener konnte ich mir ins Gedächtnis rufen, worauf sich diese Ideen stützten und was genau ich vor acht Jahren in jener Nacht in meinem Studentenzimmer erlebt hatte. Natürlich hütete ich die Erinnerung an meinen Plan, aber wie sah er im Detail aus? Meine wachsende Resignation und der intensive Briefwechsel mit Vincent begannen an meinen Kräften zu zehren. Die Stapel unerledigter Arbeit auf meinem Schreibtisch wuchsen höher und höher. Mein Assistent, der inzwischen herangewachsen und ein aufrechter, ernster junger Mann von 25 Jahren geworden war, bedachte mich oft mit ermahnenden Blicken, gleichzeitig nahmen seine Einsilbigkeit und Zurückhaltung extreme Ausmaße an. Verzweifelt mußte ich mit ansehen, wie er mir von Tag zu Tag mit weniger Respekt begegnete, und als das Jahr dem Ende zuging, war die Atmosphäre zwischen uns kühl. Wir wußten beide, daß eine Katastrophe drohte, falls ich mich nicht disziplinierte und die nunmehr völlig vernachlässigte Katalogisierung in Angriff nahm. Und tatsächlich – wie oft in solchen ausweglosen Situationen – trat ein Ereignis ein, das unser finsteres Miteinander änderte. Nicht ganz unerwartet erwies sich Vincent als Retter in der Not.

Nachdem er meinen vorwurfsvollen Brief und die Liste der unzulässigen Fächer (über die er bloß die Nase gerümpft hatte, spottend, daß er in seinem Institut kündigen wolle, um mit dem Sammeln von Schraubkapseln anzufangen) empfangen hatte, schickte er mir im Laufe des Jahres eine Reihe wohlformulierter Antwortbriefe, die in einem Vorschlag gipfelten, der unsere Situation über Nacht beeinflußte: »Warum der Sache nicht auf den Grund gehen?« schrieb er. »Warum nicht eine Untersuchung darüber durchführen, weshalb normale Menschen freiwillig ihr Leben mit so unsinnigen Dingen wie der Aufzucht von Mückenlarven und dem Zählen von Bäumen verbringen, anstatt ein alltägliches und gesundes Leben in der Gesellschaft zu führen? Warum nicht eine Untersuchung anstellen, in der die Fächer auf dieser absurden Liste die Hauptrolle spielen?« Vincent gingen seine Gedanken über die Methoden und Ziele der Organisation nicht aus dem Kopf, das war ganz offensichtlich. Anscheinend begriff er nicht, wie wichtig unsere Archive waren und welche Bedeutung die Enzyklopädie einmal haben sollte. Wie sollte er auch? Die Kenntnis des großen Plans war über Jahrhunderte hinweg allen, außer einer kleinen Gruppe Auserwählter, verschwiegen worden. Jeder hatte nur die verschwommenen Informationen, die von Generation zu Generation weitergegeben werden. Da niemand Geheimnisse verrät, gibt es bei uns auch keine Initiationsriten, und Fremde werden nicht aufgenommen. Wer aus dem Schoß einer Frau geboren wird, die zu unserer Gemeinschaft gehört, ist automatisch einer von uns.

Ich bildete mir ein, daß Vincent eine Ausnahme war. Doch seine Schwierigkeiten, unsere Prinzipien und Vorschriften zu akzeptieren, hingen vielleicht damit zusammen, daß ihm als Kind Worte wie Vollkommenheit, Schöpfung und Ewigkeit niemals ins Ohr geflüstert worden waren. Trotzdem fieberte er vor einigen Jahren danach, in die Hierarchie aufgenommen zu werden, und er zögerte nie, wenn es darum ging, die Früchte seiner Mitgliedschaft zu ernten. Er genoß in seinem Fachgebiet vollkommene Handlungs- und Entscheidungsfreiheit und bezog ein Gehalt, das höher war als das vieler Kollegen. Es ärgerte mich, daß er, nachdem er alles in den Händen hielt, wovon er je geträumt hatte, unsere Organisation weiterhin allerlei kritischen Analysen unterzog, die zu nichts führten.

»Wer hat die Fächer auf dieser Liste festgelegt?« fragte er einmal. »Wo verläuft die Trennlinie zwischen einem ernsthaften Interesse an Süßwasserfischen und einer Vorliebe für gewöhnliche Aquarien?« Vincent begriff rein gar nichts. Die Grenzen sind selbstverständlich fließend, doch es versteht sich auch, daß kein höheres Ziel darin liegt, zu pokern oder Briefmarken zu sammeln. Der Mensch muß seinen Teil zum großen Ganzen beitragen und darf sein Leben nicht mit Hobbys oder Spielen vertun. Ein Mann, der Dorsche züchtet und damit seinen Lebensunterhalt verdient, verrichtet eine notwendige und nützliche Aufgabe – jemand, der sich mit Fliegenfischen beschäftigt, ist dekadent und verschwendet seine Zeit. Die Peccator-Est-Fächer müssen studiert und memoriert werden. Es ist ein Verbrechen, die Liste in Frage zu stellen, und Vincent wollte eine Untersuchung anstrengen. Was sollte ich dazu sagen? Die Idee erschien mir absurd.

Wer würde so eine widersinnige Studie finanzieren? Wer hätte Interesse daran, das Resultat zur Kenntnis zu nehmen?

Es dauerte jedoch nicht lange, und ich erkannte die Vorteile des Experiments: Es barg die Möglichkeit, Vincent endlich zu beweisen, daß seine Theorien falsch waren; die Möglichkeit, den staubigen Korridoren des Büros zu entkommen und – vor allem – meine frühere Vision zu verwirklichen, die mittlerweile nur noch eine schemenhafte Erinnerung an einen fernen Traum war. Schließlich hatte ich es mir immer genau so ausgemalt – mit Vincent als Hirn und mir als Herzen, ihm als Gedanken und mir als Werkzeug, das seine Ideen umsetzte. Ich wollte aufsteigen, Veränderungen bewirken, der Traum von einem besseren Leben war lebendig wie damals, und Vincents unerwarteter Vorschlag kam mir gerade recht. »Ja«, schrieb ich ihm, »laß uns eine solche Untersuchung durchführen.«

Die Geschichte ist kein Geheimnis, und wir können die Dinge beim Namen nennen. Die von Vincent angeregte Untersuchung erhielt den Namen Operation Bäcklund und wurde in den Annalen mit Operation B abgekürzt. Als Vincent mir den Vorschlag unterbreitete, waren wir allerdings beide noch nicht reif genug, um ein so weitreichendes Projekt zu übernehmen. Wir waren damals gerade fünfunddreißig geworden, und ich wußte, daß es Planung und Überlegung erfordern würde, um unseren Willen durchzusetzen. Das Sicherste war, mit dem zu beginnen, was auf der Hand lag – mit der vernachlässigten Arbeit.

Voller Eifer nahm ich die Stapel, die sich auf meinem Schreibtisch türmten, in Angriff. Wenn ich nichts anderes zu tun hatte, als zu zählen, aufzuschreiben, zusammenzustellen, zu zählen, aufzuschreiben, zusammenzustellen, ließ mir die Langeweile genügend Freiraum für private Gedanken. Langsam nahm der Plan Formen an – ein Plan, für dessen Ausarbeitung ich an den Abenden nach einem langen Arbeitstag meine ganze Freizeit opferte. Um Vincents Theorie auf die Probe zu stellen, benötigte ich eine Strategie, und der beste Ort dafür, sie auszuarbeiten, war mein Büro. Alle in unserer Organisation zugelassenen Vorgehensweisen sind schriftlich festgehalten, was es mir erleichterte, sie kennenzulernen. Die Idee kam letztlich von Vincent. »Gesetzt den Fall«, hatte er geschrieben, »man ließe eine Gruppe auserwählter Individuen an etwas vollkommen Überflüssigem und Sinnlosem arbeiten«, und »diese Menschen würden glauben, ihre Tätigkeit wäre von größter Bedeutung …« Würde man also unsere Ergebnisse mit den Resultaten einer anderen Personengruppe vergleichen, die normale, sinnvolle Studien durchführte, dann erhielten wir die Antwort auf unsere Frage. Ohne grundlegende Kenntnisse über den Verlauf einer empirischen Studie zu besitzen, profitierte ich von den Erfahrungen anderer, die stapelweise auf meinem Schreibtisch lagen. Ich studierte Fälle, machte mir Notizen und entwarf schließlich die Gliederung eines meiner Meinung nach idealen Plans. Die unerbittliche Strenge des Prüfungsausschusses vor Augen, hinterfragte ich selbst das kleinste Detail sorgfältig, bis alles perfekt und unanfechtbar vor mir lag: kompakt und aus demselben Holz geschnitzt wie einst die großen empirischen Meisterwerke.

Nach meiner Vorstellung sollte das Projekt zehn Monate später, irgendwann im Januar 1977, anlaufen. Die bis dahin verbleibende Zeit mußte für Vorbereitungen unterschiedlichster Art genutzt werden, etwa für die Suche nach einer Anzahl geeigneter Aspiranten für unser Experiment. Ich dachte vorzugsweise an junge, intelligente Männer in den Zwanzigern. Natürlich aus gutem Hause, mit Talenten und

Ambitionen, die sie, auch ohne unseren Plan, direkt an die Spitze der Hierarchie geführt hätten. Anstatt ihr Tätigkeitsgebiet selbst wählen zu dürfen, sollte jeder einzelne dieser jungen Männer eine spezielle Aufgabe bekommen und eindringlich auf die Verantwortung seiner Tätigkeit hingewiesen werden. Alle Aufgaben sollten selbstverständlich mit den Fächern vom Peccator-Est in Einklang stehen. Entscheidend waren die Vielfalt und die richtige Einstellung der Aspiranten zu ihren Aufgaben. Es ging um die Frage, ob sie, ohne Verdacht zu schöpfen, an ihren widersinnigen Projekten arbeiten oder deren Sinnlosigkeit erkennen würden, so daß sie zum Beispiel das Studium des Damespiels oder die Beschäftigung mit der Fischer-Technik kurzerhand wieder aufgaben. Eine Frage, die wissen will, was die Menschen motiviert weiterzuleben, was der Schöpfer mit seiner Welt beabsichtigt hat und wo die Grenzen der großen Enzyklopädie gezogen werden sollen. Der letzte Punkt überzeugte den Prüfungsausschuß, und er genehmigte unsere Operation. Überall geht es schließlich darum zu lernen, wie und wo man Grenzen setzt.

Ich hielt es für angebracht, die Entwicklung des Projekts ständig zu kontrollieren und eine zusätzliche Person anzustellen. Einen Kontrolleur oder Observator, speziell ausgebildet für den Umgang mit jungen Männern. Mich selbst sah ich als Projektleiterin, Organisatorin und Instrukteurin – diejenige, die bei Versammlungen stets zuletzt kommt, aber niemals mißbilligende Blicke erntet; die Geschäftsessen absagt, weil sie so viele Pflichten hat. War ich nicht schon immer für eine solche Position wie geschaffen? War meine Tätigkeit im Büro mit all ihren eintönigen Aufgaben nicht ein Irrtum? Mehr und mehr glaubte ich an meine neue Rolle. Für Vincent schwebte mir ebenfalls etwas Besonderes vor. Er sollte die Krone des Werks sein, derjenige, der die Symmetrie des Plans vollendet, der zwölfte Mann, das unsichtbare Gehirn.

Niemals hätte ich geglaubt, daß die Durchführung meines Plans auf so viele Hindernisse treffen sollte. Die erste Enttäuschung war Vincent, der auf einmal, als ich ihm endlich von dem Vorhaben berichtete, mit dem Projekt nichts mehr zu tun haben wollte – er sagte, er wisse überhaupt nicht, wovon die Rede sei; er habe niemals solche unsinnigen Vorschläge gemacht; er wolle seinen Namen nicht unter diese Operation setzen, und es verstoße gegen die Vorschriften zusammenzuarbeiten, wenn es offiziell nicht genehmigt sei. Als ich ihm trotzdem eine Kopie schickte mit der Bitte, sich den Plan anzusehen und mir sein Urteil mitzuteilen, entzog er sich jeder Verantwortung und schrieb mir, es sei momentan nicht der passende Augenblick, er würde in Urlaub fahren, nach Marokko. Mein Paket kam ungeöffnet und ohne Kommentar zurück. Ich verstand nicht, was seinen Widerwillen in so einem Maße erregt haben könnte, daß er sich meinen Plan nicht einmal ansehen wollte und das Paket nicht öffnete. Nach einigen vergeblichen Versuchen, unsere Korrespondenz wiederaufzunehmen, gab ich auf und bat ihn, mir zu sagen, wem ich das Paket schikken solle. »Schick es an den Prüfungsausschuß in Lyon«, lautete die umgehende Antwort. Sie verleitete mich zu der Hoffnung, daß Vincent meinem Projekt doch Anerkennung schenkte, sie aber aus mir unbekannten Gründen nicht ausdrücken konnte.

Nachdem ich alle Unterlagen erneut zu einem schönen braunen Paket verpackt hatte, rief ich meinen Assistenten, damit er es nach Lyon schickte. Doch statt meiner Bitte zu folgen, starrte er mich an, als hätte ich ihn aufgefordert, ein unanständiges Schauspiel aufzuführen oder sich mit heruntergelassenen Hosen ans Fenster zu stellen. »Nimm schon«, sagte ich wütend und hielt ihm das Paket vors Gesicht. Mit einer Miene gekünstelter Verwunderung antwortete er kühl: »Ich verstehe nicht, was das soll. Das kommt nicht in Frage«, machte auf dem Absatz kehrt und verschwand ins dunkle Treppenhaus. Was sollte ich nun machen? Ich haßte meinen Assistenten in diesem Moment mehr als je zuvor, doch er war mein einziger Kontakt zur Außenwelt. Nach einigen erfolglosen Versuchen, ihn von der Notwendigkeit meines Anliegens zu überzeugen, packte ich das Paket in acht kleine Briefsendungen um und adressierte sie an meinen alten Kontaktmann in London. Voller Vertrauen in meinen Plan schickte ich pro Tag nur einen Brief ab, damit der Assistent – der plötzlich darauf bestand, daß ich ihn statt bei seinem Vornamen Herr Friedrich nennen sollte – keinen Verdacht schöpfte. Die Briefe kamen nach einer Woche zurück. Sie waren zu einem dicken Paket geschnürt und mit einem zweifellos gefälschten Stempel »Return to sender, receiver unknown« versehen.

Niedergeschlagen dachte ich darüber nach, das gesamte Projekt aufzugeben und meine Zeit ganz und gar der Archivarbeit zu widmen, die in den letzten Wochen ein beträchtliches Ausmaß angenommen hatte. Die Aktenstapel auf meinem Schreibtisch schienen immer größer zu werden, und mich beschlich der Verdacht, daß etwas nicht stimmte. Die Zeit flog dahin, nicht nur, weil die vertraglich vereinbarten zehn Jahre bereits hinter mir lagen, vielmehr landeten manche Dinge in regelmäßigen Abständen immer wieder auf meinem Tisch, obwohl ich jeden Tag Disziplinen abschloß. Ich hatte beispielsweise alle Akten der Physiognomie gezählt und gesichtet, mit dem Ergebnis, daß sich die Summe auf 203 belief. Eine Woche später, als ich an Studien über die Eßgewohnheiten des Ainuvolkes arbeitete, tauchte diese sonderbare Zahl abermals auf: Es existierten exakt 203 Studien über die Eßgewohnheiten des Ainuvolkes, was auf den ersten Blick nicht weiter verwunderte. Doch eingedenk der Tatsache, daß das Volk der Ainu höchstens ein paar hundert Personen umfaßt, erschien mir diese Zahl wie ein böses Omen. Aber ich habe noch nicht die ganze Wahrheit erzählt.

Seitdem war ich wie besessen von dieser ständig wiederkehrenden Ziffer und fing an, beinah zwanghaft, die Summen der nächstfolgenden Studien zu notieren. Weiter kam ich nicht in meiner Untersuchung des archivarischen Systems. Kalter Schweiß brach mir überall am Körper aus, und ich hatte Schwindelanfälle. Eine innere Stimme begann, ein teuflisches Mantra zu wiederholen: 203, 45, 607, 89, 11, 203, 45, 607, 89, 11 ... Ich tat alles, um diese abnormalen Regelmäßigkeiten zu widerlegen, traute mich aber nie, im Notizbuch eine Seite zurückzublättern, um die Resultate der vergangenen Woche zu kontrollieren. Voller Furcht vor den satanischen Ziffernkombinationen auf dem Papier, arbeitete ich stur weiter, unter strengstem Schweigen und mit eiserner Disziplin.

Wenn ich mich an den Schreibtisch setzte, war es oft unerträglich zu wissen, daß der Tag wieder nur als einzige Sisyphosarbeit verstreichen würde. Trotzdem hielt ich diesen Zustand Monat für Monat, Jahr für Jahr aus, in der festen Überzeugung, daß sich eines Tages alles aufklären, man schließlich Vernunft annehmen und mich anhören würde.

Am 3. Juni 1980 war es soweit: Die düstere, angsterfüllte Routine meines Arbeitsalltags ließ mich frei. Ich erinnere mich daran, als wäre es gestern gewesen, denn ich hatte gerade meinen 40. Geburtstag gefeiert und von Herrn Friedrich eine neue Kaffeemaschine geschenkt bekommen. Ich erinnere mich auch deshalb daran, weil an jenem Tag nichts auf dem Schreibtisch lag, als ich eine Minute nach acht Uhr die Bürotür öffnete. »Es ist vorbei. Es ist Schluß«, dachte ich mit einem Gefühl hastig wachsender Zuversicht. »Mein Dienst ist beendet. Ich werde beurlaubt.« Doch bevor ich weiter darüber nachdenken konnte, kam Herr Friedrich mit einem Silbertablett und Kaffee und bat mich, Platz zu nehmen. »Ja«, sagte er, »es ist wohl an der Zeit, das Paket abzuschicken.« Sein Tonfall war so neutral und auf vornehme Art nichtssagend, daß ich ganz nervös wurde. Er war wirklich komisch, mein Assistent: Immer ließ er alles nach Routine aussehen, und stets schien er auffallend gut informiert. »Sei professionell – nimm dich zusammen«, wiederholte ich still vor mich hin, um nicht die Kontrolle zu verlieren.

»Das Paket, ja«, antwortete ich so autoritär wie möglich. Ich holte es hervor und überreichte ihm die inzwischen völlig abgewetzte Sendung, die drei Jahre lang ganz unten im Bücherregal gelegen hatte und dort eingestaubt war. »Nach Lyon. Zum Prüfungsausschuß«, fügte ich nonchalant hinzu, in der Hoffnung, meiner neuen Rolle als zerstreute, vielbeschäftigte Direktorin Nachdruck zu verleihen. All meine Illusionen wurden jedoch durch seine trockene Replik zerstört: »Ja, wohin denn sonst?« Mit dem Paket in der Hand verschwand er lautlos die Treppe hinunter, und der Rest ist, wie man sagt, Geschichte.

Nach der ersten Bestätigung, daß man meine Nachricht empfangen hatte, folgten eine Menge Formulare, die ausgefüllt werden mußten. Danach kamen Anfragen zu Details und technischen Angelegenheiten, und schließlich erhielt ich die langersehnte Genehmigung: »Wir haben mit großem Interesse Ihren Plan gelesen, und nach reiflicher

Überlegung sind wir zu dem Schluß gekommen, ihn anzunehmen.«

Plötzlich war das Phlegma, das unsere Maschinerie bisweilen auszeichnet, verschwunden. Ich wurde förmlich mit Post überschüttet. In Sydney arbeitete ein Komitee, um des Papierkriegs Herr zu werden. In Peking wurde eine Stelle eingerichtet, die die möglichen Ergebnisse errechnen und herausfinden sollte, welche davon am wahrscheinlichsten waren. Man teilte mir mit, daß ein Mann in Skandinavien gerüchteweise von dem Projekt gehört und nun mit dem Prüfungsausschuß Kontakt aufgenommen habe, um seinen beiden Söhnen einen Platz unter den Aspiranten zu verschaffen. Die Söhne konnten sich nicht entscheiden, was sie mit ihrem Leben anfangen wollten, und verbrachten den größten Teil ihrer Freizeit mit hobbyartigen Beschäftigungen. Sie kamen deshalb natürlich nicht in Frage, doch man hatte das Projekt nach ihrem Vater benannt. Operation Bäcklund stand seitdem auf allen Postsendungen, die ich empfing. Im November 1983, auf dem dritten internationalen Arbeitstreffen in Amsterdam, beschloß man außerdem, daß sämtliche Aspiranten von dem Moment an, in dem sie in ihre neue Identität schlüpften, offiziell »Erik Bäcklund« heißen sollten. Denn das Projekt machte es erforderlich, so lautete die Erklärung, in höchstem Maße nach Gleichförmigkeit zu streben. Der Name war ohnehin nicht von Bedeutung. In den Annalen würden die Aspiranten nur mit ihren Nummern erwähnt werden, ja, und was sie persönlich anging: Keiner von ihnen wußte, daß sie zu einem Projekt gehörten. Sie wären glücklich, ohne die leiseste Ahnung von ihren Namensvettern zu haben. Jeder von ihnen sollte glauben, er wäre einzigartig, eigens für eine höchstvertrauliche Aufgabe ausgewählt. Der Plan sah weiterhin vor, daß man sie auf diskrete Weise darauf hinweisen würde, welche Schmach und Schande denjenigen erwarteten, der seinen Auftrag verriet oder aufgab, bevor das Projekt abgeschlossen war. Die Expertenkommission hielt dies für die beste Form der Motivierung. Mit dem Berliner Rathaus als Ausgangspunkt hatte man nach einer bewährten Zirkelmethode ein Gebiet eingekreist, innerhalb dessen die Aspiranten ausgewählt wurden. Der zuständige Ausschuß teilte meine Meinung, daß der Plan gleichzeitig mit dem Schriftstellerkongreß in Kairo ausgeführt werden sollte. Daher hatte man selektiv gearbeitet und in einer Frist von nur sieben Monaten gefunden, wonach man gesucht hatte: neun intelligente, ambitionierte, motivierte und gutmütige junge Männer.

Nur die Frage der Fächerwahl bereitete Probleme. Um die Effektivität des Projekts zu maximieren, wurde eine Marktanalyse angeordnet. Ermittelt werden sollte, welche Peccator-Est-Fächer die Allgemeinheit am stärksten ablehnte. Die Sache war ein wenig schwierig, da die Meinungen auseinandergingen. Beispielsweise existierte seit einigen Jahren eine Mehrheit, die dafür eintrat, daß die einst so ehrenvolle Bienenzucht von der Liste gestrichen würde, während andere Gruppen darauf bestanden, Curling, das nicht als Sportart galt, in den Katalog der verbotenen Fächer aufzunehmen.

Um Neujahr 1986 traf der fertige Plan ein: ein großes Paket mit Unmengen von Angaben über das vorgesehene Personal, die Orte, Ausrüstungen und Maßnahmen sowie selbstverständlich über die ausgewählten Aspiranten. Ihre richtigen Namen erfuhr ich nicht, statt dessen erhielt ich die folgende Liste:

Erik Bäcklund Nr. 1: Göttingen, *Modelleisenbahnen.*
Erik Bäcklund Nr. 2: Bayreuth, *Flaschenschiffe.*
Erik Bäcklund Nr. 3: Karlsbad, *Philatelie.*
Erik Bäcklund Nr. 4: Prag, *Damespiel.*
Erik Bäcklund Nr. 5: Breslau, *Bridge.*
Erik Bäcklund Nr. 6: Poznan, *Bibliothekswissenschaft.*
Erik Bäcklund Nr. 7: Kopenhagen, *Entomologie.*
Erik Bäcklund Nr. 8: Malmö, *Schach.*
Erik Bäcklund Nr. 9: Bremen, *Aquarienfischzucht.*

Was für eine Liste! Ich lachte vergnügt in mich hinein bei dem bloßen Gedanken, daß ein todernster, pubertätspickliger Jüngling in Bremen sein restliches Leben damit zubringen sollte, Aquarienfische aufzuziehen. Ganz unten stand ein Frauenname: Miss Cecilia Crowhurst. Es war der Name eines jungen englischen Fräuleins, das sich freiwillig als Observatorin bewarb und angab, über die Maßen daran interessiert zu sein, Menschen aus nächster Nähe zu studieren. Insbesondere junge Männer. Nach sorgfältiger Prüfung hielt man sie für genauso geeignet wie jeden anderen Bewerber – und sie wurde ohne weitere Umschweife engagiert. Ihre Aufgabe war es, die neun jungen Männer der Reihe nach zu observieren und das gesamte Projekt zu überwachen. Auf der Liste war sie als Nummer zehn aufgeführt. Die Liste! Ich freute mich diebisch über ihre vermeintliche Wissenschaftlichkeit, ohne auch nur im entferntesten zu ahnen, welchen tragischen und brutalen Schicksalen die auserwählten jungen Männer entgegengingen.

Vielleicht fragt sich der aufmerksame Leser, der fasziniert den Fortgang des Projekts verfolgt, welche Rolle man mir in diesem gigantischen Spektakel zugedacht hatte. Die tragische Antwort sollte ich sehr schnell erfahren: Keine.

Man hatte mir über das Los der Beobachterin hinaus keine Rolle zugeteilt. Mein Name stand genausowenig auf der Liste wie Vincents. Sie enthielt Stempel der Prüfungsausschüsse in Lyon, Kapstadt und Karatschi, die Unterschriften von Kontrolleuren und Richtern in Israel und Neapel sowie Signaturen von Archivaren in Annaba, Buenos Aires, Marseille und Stockholm. Natürlich schickte man mir regelmäßig Berichte, und natürlich erklärte man mir alle Änderungen an meinem ursprünglichen Plan, aber alles, worüber man mich informierte, war bereits geschehen.

»Aspirant Nr. 8 meldete sich am 14. Juli 1987 in einem örtlichen Schachklub an« oder »Aspirant Nr. 4 ist ab dem 1. August in einem Zimmer zur Miete in der Jezna 60 untergebracht worden.« Das Tempus der Sätze sprach eine deutliche Sprache, und mir blieb keine andere Wahl, als still und aus gebührendem Abstand den Lauf des Geschehens zu verfolgen – mit der zeitlichen Verzögerung eines Astronauten, der die Sterne beobachtet. Nur der Formalität wegen versah ich alle eintreffenden Berichte dennoch mit meinem persönlichen Stempel: »Aspirant Nr. 6 quittierte am 15. September 1987 3,5 Millionen Zloty für eine Bücherrechnung.« Mein Stempel war gerade auf ein Datum im November eingestellt. Um zu erfahren, was zwischen dem 15. September und November geschehen war, mußte ich geduldig zwei weitere Monate warten. Herr Friedrich, mein Assistent, richtete ein Archiv in Miniaturformat ein, um den Schein zu wahren oder aus Mitleid. Wir nannten es scherzhaft das Bäcklundarchiv, dort konnte ich alle Berichte aufbewahren, die täglich durch den Briefkastenschlitz quollen. Es mag wie der reine Wahnsinn klingen, aber in den folgenden zehn Monaten brachten Herr Friedrich und ich ganze zwei Tage in der Woche damit zu, die eintreffenden Berichte über die Entwicklung der Operation B zu sichten, zu sortieren und zu stempeln. Jedem, der sich für die Operation B interessiert, kann ich einen Besuch in unserem Miniaturarchiv empfehlen. Hier steht alles von Bedeutung, kein Detail ist uns entwischt, und die Ordnung ist untadelig.

Als die Verwunderung, daß ich von allen Aktivitäten meines eigenen Plans ausgeschlossen war, erst in Gram überging und dann in Verbitterung, und als die Verbitterung mit den Jahren einer alles durchdringenden Gleichgültigkeit wich, kam Herr Friedrich hoch in mein Büro, strich mir über die Wange, als wäre ich ein Kind, und sagte: »Mit der Zeit gibt sich das, das gibt sich – seien Sie ganz sicher.«

Der Sinnlosigkeit zum Trotz wurde die Arbeit an den Berichten über die Operation B Schritt für Schritt zu einem lebenswichtigen Ritual. Sie markierte den Anfang und das Ende einer Arbeitswoche, die weder Freizeit noch Feiertage besaß. Sie schuf einen erfreulichen Kontrast zu der Monotonie der Aktenordner: Unaufhörlich trafen sie ein, obwohl meine vertraglich vereinbarten zehn Jahre bereits zweimal ausgelaufen waren. Ungehemmt überschwemmten sie fünf Tage in der Woche meinen Schreibtisch, folgten bestimmten – wenngleich komplizierten – Zahlenreihen und wurden, aus einem geheimnisvollen Nichts hochgeholt, nach der Katalogisierung demselben frustrierenden Nichts wieder überlassen. Im Unterschied zu der alltäglichen Arbeit mit den Aktenordnern waren die Berichte eine angenehme und willkommene Unterbrechung des Trotts.

Seit meiner Idee für das große Projekt bis zum heutigen Tag wechseln sich in meinem Leben Zeiten hochgeschraubter Produktivität und tatenlosen Wartens auf das Ende des Arbeitstages ständig ab. Meine ungeklärte Anstellung hier im Büro scheint kein Ende zu nehmen. Und das ist vielleicht gut so. Das Wichtigste ist es doch, die Arbeit abzuschließen. »Die Arbeit abzuschließen, Fräulein Dolores, pünktlich abzuschließen …«, steht gewöhnlich in den Briefen von Herrn Archiatren aus Rom. Er ist dafür verantwortlich, daß uns die Moral und der gesunde Menschenverstand erhalten bleiben. Was heißt eigentlich *pünktlich*? Herr Friedrich hat mir verboten, den Schreibtisch vor sechs Uhr zu verlassen, und da er derjenige ist, der festlegt, wann die Uhr sechs schlägt, habe ich jede Vorstellung von Zeit verloren. Im Lauf der Jahre habe ich mir eingeredet, daß mein Werk gerade erst angefangen hätte und das Wesentliche noch vor mir läge. Unbewußt habe ich den Zeitpunkt meines Triumphs immer auf den folgenden Tag verschoben und mir ganz naiv vorgestellt, daß mein Name am Ende zu höchsten Ehren gelangt, ich schließlich mein rechtmäßiges Stück vom Erfolg abbekomme. Mit diesen tröstenden Gedanken wiegte ich mich in all den Jahren der Schinderei und eisernen Disziplin abends in den Schlaf. Leise sprach ich vor mich hin. »Zu guter Letzt«, flüsterte ich mir zu, »wird meine Zeit kommen.«

Doch nichts geschah, im Gegenteil, alles, mein ganzes Leben, verstrich unauffällig und nutzlos. Das erkannte ich an dem Tag, an dem mein Assistent in das Zimmer links von meinem Büro ein Bett stellte, damit ich das Gebäude nicht unnötig verlassen müsse – wie er sich so freundlich ausdrückte. »Dem Fräulein fällt ja das Treppensteigen schwer«, sagte er. »Ja, gewiß, Herr Friedrich«, antwortete ich. Und tatsächlich hatte ich in der letzten Zeit angefangen, auf dem Weg hinauf zum Büro die Treppen zu zählen. Herr Friedrich hatte vollkommen recht, und dennoch kränkte mich seine Maßnahme. Ich schaute mich im Spiegel an und sah eine Dame in fortgeschrittenen Jahren mit stark ergrautem Haar und Falten am Mund und auf der Stirn. War ich wirklich alt?

Gemeinsam richteten wir mein neues Zuhause mit einigen einfachen Möbelstücken ein: zwei Stühlen, einem kleinen runden Tisch und einigen Reproduktionen bekannter Kunstwerke. Der Raum war ausgesprochen gemütlich. Er glich einer Art Pensionszimmer, wie sie fromme Witwen unten im Süden vermieten, damit die Zeit vergeht. Ich war zufrieden. Vielleicht begann ich in jenem Augenblick, mich mit meinem Schicksal auszusöhnen? Vielleicht begann ich endlich zu verstehen, welcher Zusammenhang zwischen Büro und Archiv besteht? Meinem Charakterzug gemäß, mich leicht mit einer Sache abzufinden, sie zu vergessen und zu vergeben, hätte ich den Rest meines Lebens sehr gut in den beiden Räumen verbringen können, ständig zwischen Schreibtisch und Schlafzimmer hin und her pendelnd. Doch etwas hielt mich davon ab stillzuhalten. Man hatte mir Mittelmaß vorgeworfen, dumm jedoch war ich nicht. Auch der Durchschnittlichste unter uns spürt, wenn etwas nicht stimmt. Und sicher schöpfte ich bereits damals Verdacht, als die Berichte über die Operation B mit immer größerer Verzögerung eintrafen. Alles schien nur zu passieren, um mich weiterhin zu beschäftigen. Längst benachrichtigte mich niemand mehr, wenn etwas geändert wurde. Die Wahrheit ist, daß ich langsam sogar den Verdacht hegte, daß die Aktenordner, deren Archivierung mich so viel Zeit kostete, reinen Nonsens enthielten, geordnet nach vorgeschriebenen Zahlenfolgen. Mein Name würde niemals in die Geschichte eingehen, höchstens als flüchtiger Gedankenstrich. Sicher verhielt es sich so. Doch auch damit hätte ich leben können. Ich hätte meiner Belanglosigkeit mit Selbsttäuschung begegnen können, hätte Lust und Leben gegeben, um die Arbeit an den Aktenordnern abzuschließen, und wäre vielleicht sogar ein glücklicher Mensch geworden.

Doch dann kamen die Anschuldigungen! Die Dinge begannen, außer Kontrolle zu geraten, und plötzlich stand mein Name ganz oben auf der Liste. Die Berichte, die stets fadenscheinig und veraltet gewesen waren, wurden auf einmal immer aktueller, und sie waren mit immer mehr Fragezeichen versehen.

Es begann ganz harmlos mit ersten Berichten über die Selbstmorde. Manche der neun Aspiranten hatten im Lauf der Zeit erkannt, wie sinnlos ihre Aufgaben waren und hatten aufgegeben. Man schrieb, sie hätten sich lieber umgebracht als die Schande ihres Scheiterns zu ertragen. Ich gehörte ohne Zweifel zu denen, die dies für die natürliche Entwicklung des Projektes hielten; eine Entwicklung, die mit Leichtigkeit hätte vorausgesagt werden können. Wenn Vincent je seine Ansicht zu meinem Plan geäußert hätte, wäre er ein für alle Mal widerlegt worden: Er hätte einsehen müssen, daß ich recht gehabt hatte. Es gab einen Unterschied zwischen dem Züchten von Dorschen und der Beschäftigung mit Fliegenfischen. Im stillen triumphierte ich, da Vincent es weiterhin für unter seiner Würde erachtete, unserem Projekt anzugehören, er hielt es sogar für unter seiner Würde, von sich Nachricht zu geben. Von seiner exponierten Position in Brüssel aus betrachtete er gleichmütig den Fortgang der Operation. Unsere Korrespondenz war längst eingeschlafen, aber ich schickte ihm hin und wieder eine Postkarte mit kleinen Betrachtungen über mein Büro. »Ich habe das Gitter an dem großen Fenster geputzt und es mit Bronzefarbe gestrichen«, schrieb ich oder: »Herr Friedrich hat mir ein Jahresabonnement von *Die Tiere in der Natur* geschenkt, ist das nicht nett von ihm?« An dem Tag, als ich den Bericht über Aspirant Nr. 9 aus Bremen erhielt, schrieb ich Vincent einen kurzen Brief. Das war im Juni des Jahres 1992.

Aus Verzweiflung über die hartnäckigen Süßwasseramöben, die seine Aquarien befallen hatten, hatte sich Aspirant Nr. 9 das Leben genommen. Er hatte sich zusammen mit einer Anzahl elektrischer Geräte – Bügeleisen, Rührgerät, Küchenmaschine, Fön und Gott weiß was alles – in das größte der Aquarien begeben und den Strom eingeschaltet. Unsere Observatorin, Miss Crowhurst, fand ihn in ein Gewirr aus Kabeln gewickelt und von Bakterien und Pilzen aufgeschwemmt, nachdem er fünf Tage im Wasser gelegen hatte. Nicht ohne Ironie berichtete sie, daß sich die Lebensverhältnisse im Aquarium verbesserten. Die Wasserpflanzen erholten sich langsam, der Sauerstoffgehalt nehme zu, der Anteil an Bodenschwefel sinke, und viele Mikroorganismen würden sich dank des Zuwachses an Nahrung vermehren.

Einige Zeit darauf, ich glaube, es war fünf Monate später, entdeckte man Aspirant Nr. 6 mit gebrochenem Hals unter einem Berg Folianten. Unsere Observatorin stellte fest, daß die Schrauben der technisch ausgefeilten Bibliotheksleiter von Hand gelockert worden waren, und man nahm an, daß der junge Mann versucht hatte, seinen Selbstmord mit einem fingierten Unfall zu verschleiern. Laut Bericht kam es zu dieser Tragödie, weil »Unordnung in den Regalen entstanden war«: ein Ausdruck, den der Aspirant regelmäßig in seinen eigenen Aufzeichnungen verwendet hatte. Vermutlich hatte er wahllos Bücher gekauft, die Bibliothek enthielt zum Zeitpunkt des Unglücks an die zehntausend Bände, und nur einige Bücher standen auf dem richtigen Platz. Vielleicht war er aber auch nicht vorsichtig genug gewesen und hatte sein Projekt zuwenig im voraus geplant, so daß er die Kontrolle verlor, als die Zahl der Bücher allmählich zu groß wurde. Miss Crowhurst, die einige Monate lang mit dem Aspiranten zusammengelebt hatte, wies ebenfalls darauf hin, daß die Bücherregale in Unordnung geraten waren. Die Fachgebiete glitten langsam ineinander über. Nautik hatte plötzlich Berührungspunkte mit der Gynäkologie, diese Werke standen einträchtig zwischen Balzacs Tagebüchern, und diese wiederum stellten weitläufige verwandtschaftliche Beziehungen zu einigen, für die Mitwelt unleserlichen Traktaten über die Herstellung tragbarer chemischer Öfen her. Vermutlich gab es eine vollkommen natürliche Erklärung, warum Xavier de Maistre neben Robert Walser Platz gefunden hatte, vermutlich gab es auch einen Grund dafür, daß Hašeks Romane zwischen Ottos Konversationslexikon gezwängt worden waren und daß ein kleiner, kostspieliger Privatdruck der berüchtigten Erzählung *Sectio Caesarea* neben Thomas De Quinceys *Der Mord als schöne Kunst betrachtet* stand. Doch genauso wahrscheinlich war, daß es keine Erklärung gab und das Chaos von selbst ausgebrochen war; als stimmte die alte Befürchtung, daß eine Bibliothek etwas Organisches und Eigenmächtiges bergen würde. Am Tag vor dem Unfall hatte unser Aspirant herausgefunden, daß Croix de Mains schlichte Schrift *Grande Bibliothèque Françoise* geheimnisvollerweise auf dem obersten Regal zwischen Band achtzehn und neunzehn der grandiosen Weltgeschichte Michelins gelandet war. Um das Buch an seinen richtigen Platz zurückzustellen, erklomm der Aspirant die Leiter, die sich aus der Verankerung löste, majestätisch durch den Raum schwebte und schließlich mit einem gewaltigen Krachen auf den Boden schlug. Der Sturz hatte den jungen Mann gelähmt, ihn jedoch nicht getötet. Erst die großen Folianten, die durch die Erschütterung in Bewegung geraten und vom obersten Regal heruntergefallen waren, hatten ihm das Genick gebrochen, mit der gleichen Leichtigkeit, mit der Möwen frischgeschlüpften Entenküken die Wirbelsäule brechen. Die Observatorin machte mit einem Verweis auf Magliabecchi darauf aufmerksam, daß jeder passionierte Büchersammler wisse, warum man Folianten in einer Bibliothek nicht auf dem obersten Regalbrett unterbringen dürfe. Daher kam man zu dem Schluß, daß der junge Herr Aspirant Nr. 6 sehr unbegabt oder seines Lebens äußerst überdrüssig gewesen sein muß.

Und es ging weiter: Aspirant Nr. 1 in Göttingen sprengte sich und seine Eisenbahn in die Luft, nachdem er behauptet hatte, jemand würde nachts seine Modelleisenbahnanlage sabotieren. Nr. 2, unser Mann in Bayreuth, hielt seine Hände für zu zittrig und nervös, um die filigrane Feinmechanik beim Bau von Flaschenschiffen zu bewältigen. Er wurde süchtig nach dem starken Geruch von Klebstoff (der ihn beruhigte) und konnte es bald nicht länger als zwei Stunden ohne seine Tuben aushalten. Miss Crowhurst, die auch mit diesem Mann zusammengelebt hatte, informierte uns darüber, daß ihn der aufdringliche Duft wie eine Rauchsäule umgeben und er sich eines Tages gedankenlos einen Zigarillo angezündet habe und verbrannt sei. »Einfach so.«

So fürchterlich diese Todesfälle auch waren, noch tragischer fand ich das Schicksal, das Aspirant Nr. 4 in Prag ereilte. Im Zusammenhang mit seinem Tod beschloß man, die einzelnen Aspiranten genauer zu überprüfen. Die Serie von Selbstmorden und Unglücksfällen war zu offensichtlich, um die Mitglieder im Prüfungsausschuß unberührt zu lassen. Unsere Observatorin, die sich einige Zeit in Prag aufgehalten hatte, deutete in ihren Berichten an, daß mit dem jungen Mann nicht alles zum besten stehe. Sie hielt ihn für ein wenig labil, sah Symptome von Paranoia. Nach einigen erfolgreichen Turnieren – unser Aspirant hatte bekanntlich sein Leben dem diskreten Charme des Damespiels geweiht –

und nach ein paar Veröffentlichungen zum Thema verließ ihn das Glück. Zusehends bot er ein trauriges Bild. Seine Plazierung auf der Rangliste sank so rapide wie das Quecksilber im Thermometer während einer Winternacht. Sicherlich lag es an seinem Aberglauben und dem übertriebenen Vertrauen auf das Schicksal oder den Zufall und die »geheimen Zeichen«. Die Observatorin jedenfalls konnte und wollte nicht eingreifen, sie monierte bloß seine fortschreitende Paranoia und seine wachsende Einsilbigkeit. Neben seiner Angewohnheit, bei allen Entscheidungen, die der Alltag ihm abverlangte, eine Münze zu werfen, begann er inzwischen, sein Schicksal herauszufordern. Er trat beispielsweise mitten auf die Fahrbahn, ohne nach links und rechts zu sehen, nur um zu erproben, ob die Vorsehung einschreiten werde. Zum Glück rettete sie ihn stet: Busse bremsten plötzlich, Autofahrer wichen zornig aus.

Als er eines Tages tot aufgefunden wurde, mit einem Damestein zwischen Kehlkopf und Rachen, mischte sich Erleichterung in die Trauer der Miss Crowhurst. In seinem blinden Schicksalsvertrauen hatte er in einer großen Schale Spielsteine und Brustpastillen vermengt, unverdrossen mit geschlossenen Augen die Hand ausgestreckt und in den Mund gestopft, was Fortuna ihm ausgesucht hatte. Blau wie die Schale einer Muschel und mit in wütender Verwunderung verdrehten Augen, erstickte er auf die erniedrigendste Weise – eine Weise, die an den guten Charakter, den er während der Auswahlprüfung an den Tag gelegt hatte, mitnichten mehr erinnerte. Zu diesem Zeitpunkt beschloß man, einen weiteren Observator anzustellen. Jemanden, der mit dem unbeteiligten Blick eines Außenstehenden den Verlauf der Ereignisse verfolgte und garantierte, daß alles vorschriftsmäßig ablief.

Der Auswahl eines weiteren Observators gingen minutiöse Untersuchungen voraus, und nachdem das Besetzungskomitee alle möglichen, wahrscheinlichen und unwahrscheinlichen Alternativen geprüft und sie, ohne zu zögern, wieder verworfen hatte, blieb nur eine Version übrig: der ebenso gefürchtete wie lichtscheue Sandemann – unser interner Exekutor, den nur wenige jemals gesehen haben, über den aber jeder spricht. Hinter vorgehaltener Hand. Wie ein unheimlicher Schatten schweift er durch Europa und erledigt das, womit sich andere nicht abgeben wollen. Barmherzig übt er seinen Beruf aus, und man sagt, er habe in seinem dreißigsten Lebensjahr bereits Hunderte von Menschenleben auf dem Gewissen gehabt. Außerdem heißt es, er sei ungewöhnlich attraktiv und habe eine einzige Schwäche: Schach. Diese Neigung ist übrigens nicht selten unter den Vertretern des Korps, doch Sandemann treibt sie auf die Spitze. Das Gerücht erzählt, er habe unter falschem Namen zweimal den Titel des Großmeisters errungen und einmal mit Gewalt ein Archiv in La Rochelle zu erstürmen versucht, weil sich dort angeblich das einzige Exemplar von Francesch Vincents *Joss partits dels scachs* befindet.

Sandemann sollte also der zweite Observator werden, und er traf unter strengster Geheimhaltung in Karlsbad ein, als das Projekt bereits ganze sechs Jahre gedauert hatte. Noch zu wenig an seine neue Rolle gewöhnt und vielleicht ein bißchen zerstreut, bemerkte er anfangs überhaupt nicht, welche Dinge in seiner Tätigkeit überhaupt wichtig waren. Die Tage kamen und gingen, und unseren Aspiranten führten seine langen Einkaufsfahrten in sämtliche Briefmarkengeschäfte der Provinz, er gab viele Bestellungen für entlegene Marken auf und war aktives Mitglied im größten philatelistischen Verein des Landes. Er hatte sogar begonnen, unsere Miss

Crowhurst regelmäßig spätnachmittags auf ein Glas Wein einzuladen, in dem Glauben, sie wäre eine internationale Schwarzmarktschieberin mit Kontakten, die bis in die Sammlungen des britischen Königshauses reichten. Nach einem Jahr vor Ort, in dem nichts Bedeutendes geschehen war, bat Sandemann um Dispens, und man erlaubte ihm, neben der Überwachungsarbeit mit seiner bisherigen Beschäftigung fortzufahren.

Einige Zeit später jedoch schlug das Unheil erneut zu, diesmal mit doppelter Kraft. Auf der großen Briefmarkenmesse in Den Haag enthüllte man unter peinlichen Umständen, daß einer der Aussteller einen kompletten Satz gefälschter Briefmarken eingereicht hatte. Die Sammlung wäre der erste vollständige Satz Bancomarken des Jahrgangs 1841 gewesen, so etwas wie eine Weltsensation. Sie wurde konfisziert, und der Aussteller, unser unglückseliger Aspirant Nr. 3, ließ danach nie wieder etwas von sich hören. Der Schuß in einem Keller der edleren Stadtteile Karlsbads hallte dafür um so lauter. Die Menschen strömten aus allen Ecken und Enden herbei und rafften hemmungslos – als die erste Zurückhaltung verpufft war – zwischen den Blutflecken und im Kugelrauch so viele der herumfliegenden Briefmarken wie möglich auf. Die Legende vom exzentrischen, reichen Sammler war weit verbreitet, und niemand wollte auf die Werte verzichten, die die fingernagelgroßen Papierstückchen eventuell besaßen. Niemand, nicht einmal Miss Crowhurst, wurde der Spekulationen überdrüssig, wie man ihm eine solche Menge dieser aufsehenerregenden Fälschungen hatte unterschieben können.

An dem Tag, an dem sich der Schuß löste, am 15. September 1995, war Aspirant Nr. 5 in Breslau gerade im Begriff, seinen Tod so zu arrangieren, daß er ganz natürlich aussehen sollte. Dank der langjährigen und herzlichen Verbindung, die der Breslauer Bridge Club mit dem Lions Club und den Guttemplern pflegte, gelang es ihm, Zugang zu den vornehmeren Räumen der Freimaurer im Keller des Rathauses zu erhalten. Hier wurde an jenem Abend ein Jubiläum gefeiert, und dort erlitt unser Aspirant mittels einer hineingeschmuggelten, verdorbenen Auster den Vergiftungstod, noch bevor der warme Gang aus dem Ofen geholt worden war. Der Oberkellner verdiente das meiste Mitleid, da ihm die gesamte Schuld an dem Unglücksfall gegeben wurde und ihn danach niemand mehr als Kellner haben wollte – weder die Guttempler noch die Freimaurer, noch die Bridgespieler. Wie sich unser junger Aspirant hatte überwinden können, die Eingeweide einer schon lange verwesten Auster zu schlukken, und warum er es tat, ist noch immer nicht geklärt. Miss Crowhurst behauptete, daß selbst sie dieses Mal nichts über die Sache wisse, und Sandemann gab voller Anteilnahme zu, daß er sich in privaten Angelegenheiten in Moskau aufgehalten habe.

Die Operation B vermittelte den Eindruck, als neigte das Unternehmen sich seinem Ende zu und als würde allein mein Name auf der langen Liste der verschwundenen Sponsoren, Arrangeure, und Verantwortlichen übrigbleiben. Denn in Nordeuropa waren am 28. April 1996 nur noch zwei junge Aspiranten am Leben: ein Entomologe und ein Schachspieler, beide in glücklicher Unkenntnis der schlechten Prognose für ihre Zukunft. In der dritten Reihe einer Boeing 767 saß zur selben Zeit unsere Observatorin Miss Crowhurst – ebenfalls ohne die Verdächtigungen und Gefahren zu kennen, die sich inzwischen an ihrer Person festgemacht hatten. Einige Reihen hinter ihr befand sich Sandemann, der wieder für die Operation B arbeitete und genau beobachtete, was

Miss Crowhurst tat. Seinen persönlichen Berichten nach zu urteilen, quälte ihn das schlechte Gewissen: Er hielt sich für nonchalant, unaufmerksam und leicht zu überlisten und fühlte sich für den Tod der beiden letzten Aspiranten verantwortlich. Die jungen Männer betrachtete er als Kollegen und seinen Mangel an Aufmerksamkeit als schweren Verrat. Um seine Nachlässigkeit zu kompensieren, hatte er beschlossen, ab sofort gründlich zu arbeiten. Der langanhaltende und enge Kontakt zu den letzten beiden Toten hatte seine Überzeugung gefestigt, daß hinter all den Unglücksfällen etwas Tückisches steckte. Ohne seine Verdachtsmomente bereits zu diesem Zeitpunkt an die Öffentlichkeit bringen zu wollen, stand für ihn fest, daß die Naturwidrigkeit der vielen Todesfälle mit der unterkühlten Frau zusammenhing, deren rotgefärbter Haarknoten in regelmäßigen Abständen in seinem Blickfeld erschien.

Als sie nach zwei Stunden auf dem Flugplatz Kastrup außerhalb von Kopenhagen aus dem Flugzeug stiegen, konstatierte er, daß sie nicht die geringste Notiz von ihm genommen hatte – der geputzten italienischen Schuhe, dem exklusiven Mantel und dem Borsalino zum Trotz. Nach kurzer Zeit bestätigte sich sein schlimmster Verdacht: Miss Crowhurst agierte auf eigene Faust. Sie spielte ein verworrenes Doppelspiel, in dem sie einerseits die Rolle der Observatorin einnahm und andererseits systematisch die Kräfte der Aspiranten zerstörte. Mit List und Tücke tastete sie sich an das Herz jedes jungen Mannes heran, an seinen wundesten Punkt, doch offensichtlich wurde sie dabei nicht von erotischen Neigungen getrieben. Sie verführte sie allein, um Macht über sie zu erlangen. Für eine Frau von Miss Crowhursts Temperament war es nicht schwierig, Morde zu begehen.

Schon wenige Stunden nach ihrer Ankunft in Kopenhagen beobachtete Sandemann, wie Miss Crowhurst in einem roten Samtkleid und aufreizenden Stöckelschuhen die Treppe zur Wohnung des Aspiranten Nr. 7 hinaufging. Unwissend, welche durchtriebene Grausamkeit ihn erwartete, saß der junge Mann in seinem Sessel und las über Insekten, die so klein waren, daß man sie mit bloßem Auge nicht erkennen konnte. Sicherlich entschied Sandemann in diesem Augenblick der schmerzlichen Identifikation mit einem zurückgezogen lebenden und gelehrten Mann, daß auch er vom Plan abweichen und auf eigene Faust agieren würde.

Von diesem Punkt an sind wir auf Spekulationen angewiesen. Kein einziger der Berichte gibt Aufschluß über die Fortsetzung der Geschichte, da Sandemann den Ort ohne Vorwarnung verließ und unser Aspirant nach einem knappen Jahr an einer Überdosis inhalierten Tetrachlorkohlenstoffs starb. Oder aus purer Erschöpfung. Zweiundfünfzig Kilo Haut und Knochen, ein gescheitertes Projekt und ein Aktenordner, der nichts anderes bezeugt als die Phantasie eines Narren. Das ist alles, was von dem siebten Erik Bäcklund übrig war, als man ihn in seiner seltsam gründlich geputzten Wohnung tot auffand. Jeder wußte, daß das Projekt sabotiert worden war, und man versuchte, durch eine genaue Rekonstruktion des turbulenten Verlaufs der Ereignisse Ordnung in die chaotische Geschichte zu bringen.

Fest steht, daß Sandemann, nachdem er Miss Crowhursts Doppelspiel durchschaut hatte, ganz unerwartet auf seine Aufgabe als Observator verzichtet und sein unstetes Vagabundieren durch Europa wiederaufgenommen hatte. Bevor er Skandinavien verlassen hatte, war er jedoch noch nach Malmö gereist und hatte ein langes, vermutlich aufschlußreiches Gespräch mit dem achten Aspiranten geführt, dem Schachspieler, der ein paar Wochen später in den Untergrund gegangen war. Erik Bäcklund Nr. 8 ist trotz intensiver Nachforschungen seitdem nie wieder gesehen worden.

Neun Monate später, genauer gesagt am 15. Februar dieses Jahres, tauchte Sandemann wieder auf der Bildfläche auf. In Brüssel wurde Vincent brutal ermordet aufgefunden, und ohne seine Rolle im Projekt zu kennen, übernahm Sandemann in dem Prozeß die Aufgabe des Vernehmungsleiters. Das Urteil gegen die kaltblütige Mörderin fiel milde aus. Sie wurde für fünf Jahre zur Bewährung nach Rumänien geschickt. Einige Tage später, am 21. Februar, hinterließ Sandemann eine merkwürdige Nachricht auf einem Schachbrett in der Kopenhagener Wohnung des verstorbenen Aspiranten Nr. 7; und am 27. Februar ergriff man nach intensiver Fahndung Miss Crowhurst auf einem Boot nach Malmö. Anfangs leugnete sie alle Punkte der Anklage und behauptete, sie wäre auf einer Shoppingtour. Später stellte sich jedoch zweierlei heraus: daß ihre Reise dem Zweck gedient habe, herauszufinden, wohin der achte Aspirant verschwunden war, und daß sie dabei gewesen war, ein privates Projekt abzuschließen, an dem sie parallel zu ihrer Tätigkeit als Observatorin gearbeitet hatte. Das Vernehmungsprotokoll zum Mord an Vincent traf am 1. März aus Brüssel ein. Am Tag darauf erhielt ich die Nachricht, daß man die Operation B als beendet betrachtete – mit mir als der einzigen Verantwortlichen. Um 23.59 Uhr Greenwich Time am 3. März, dem Datum des gestrigen Tages, war die Operation B vorbei.

Aus diesen grob zusammengetragenen Fakten müssen wir selbst den Schluß der Geschichte schreiben. Mir soll es recht sein. Ich habe alle Zeit der Welt. Ich allein bin verantwortlich dafür, daß alles an seinen Platz kommt. Ich bin diejenige, die für die Katalogisierung zuständig ist, und ich muß dafür sorgen, daß der plumpe Stahlklotz des Bäcklundarchivs auf dem neuesten Stand und einwandfrei in Ordnung gehalten wird. Man kann sagen, daß das System meine eigene Schöpfung ist. Es ist das Symbol meiner dahinsiechenden Existenz. Niemand kann mir meine Arbeit nehmen. Das Bäcklundarchiv wird mich, trotz seiner Miniaturausmaße, ohne Zweifel noch viele Jahre, vielleicht sogar bis zu meinem Tod, beschäftigen. Man denke nur an all die Nachuntersuchungen, Auswertungen und Durchsichten, die mit der Zeit erforderlich sein werden. Die Geschichte der Operation B ist ein Teil meines Werks; aber sagen Sie mir, was ist eine Schöpfung wert, die nicht vollendet ist? Nennen Sie mir eine Arbeit, die bereits vor ihrer Fertigstellung einen Wert hat. Lassen Sie uns deshalb die Lücken füllen und der Geschichte einen Schluß geben.

Die Tatsache, daß Sandemann so lange abwesend war, zeigt eines ganz deutlich: Er hatte die Hoffnung aufgegeben, Aspirant Nr. 7 in Kopenhagen retten zu können, und konzentrierte statt dessen all seine Energie auf Nr. 8 in Malmö, den einzigen, der noch nicht in die Fänge unserer verräterischen Observatorin geraten war. Im Verlauf des Gesprächs, das die beiden Schachspieler am 3. Mai vergangenen Jahres geführt hatten, muß Sandemann dem nichtsahnenden Aspiranten das Geheimnis des Projekts enthüllt haben. Vielleicht hatte er nicht alles verraten, sondern nur einige mit Bedacht ausgewählte Aspekte. Jedoch reichten sie aus, um das Mißtrauen des jungen Mannes zu wecken und ihn zum Rückzug zu bewegen, solange noch Zeit war. Um den 8. Mai herum verließ der Schachspieler Erik Bäcklund seine Wohnung in der Stora Nygatan in Malmö für immer. Einige Wochen später leitete die Post seine Briefe dem ihm unbekannten Namensvetter in Kopenhagen zu. War es Zufall? Aus diesen nachgesandten Briefen, die in Miss Crowhursts Handtasche wiedergefunden wurden, erfuhren wir, daß Sandemann mit dem schachspielenden Aspiranten nach ihrem Treffen korrespondierte und lange Zeit nichts von dessen Flucht gewußt hat. Das Seltsame dieser Korrespondenz – die Sandemann, ohne es zu ahnen, gar nicht mit Nr. 8, sondern mit Nr. 7 führte (und später gar mit Miss Crowhurst) – bestand jedoch nicht darin. Das Sonderbare war, daß sie eine Art briefliches Schachturnier aufnahmen, in dem sich Sandemann offenbar absichtlich zum Verlierer machte. Meine einzige Erklärung für dieses abwegige Verhalten ist, daß er im Hinblick auf das Selbstvertrauen des Aspiranten und die brutalen Methoden von Miss Crowhurst entschied, als Stümper in Erscheinung zu treten. Sandemann konnte nicht wissen, wann Miss Crowhurst ihren Auftrag in Kopenhagen ausgeführt haben und sich Nr. 8 zuwenden würde, doch durch den Briefwechsel war es ihm möglich, ständig in Kontakt mit seinem Kollegen zu bleiben. Vermutlich quälte ihn die Vorstellung, sein schachspielender Freund könnte wie all die anderen Aspiranten einem Anschlag zum Opfer fallen. Indem er seinen Gegenspieler permanent gewinnen ließ, glaubte er ihm vielleicht Widerstandskraft gegen Miss Crowhursts parasitären Zerstörungsdrang einflößen zu können und damit auch ihrem privaten Projekt entgegenzuarbeiten. Wenn unser schachspielender Aspirant nicht so plötzlich verschwunden wäre, hätte sich diese Methode womöglich als effektiv erwiesen.

Ein anderes merkwürdiges Detail in der Korrespondenz ist Sandemanns Wahl der Postkarten. Sie sollten wohl eine Art Botschaft übermitteln, ein Beleg dafür, daß Sandemann bereits früh erkannt hatte, in wessen Hände seine

Briefe geraten waren. In einem späteren Brief notierte er, die Umschläge würden alle in Kopenhagen abgeschickt, obwohl doch sein Brieffreund in Malmö wohne. Trotzdem setzte er den Briefwechsel fort. Außerdem ist es ungewöhnlich, daß die Post jemandem Briefe in ein anderes Land nachsandte, anstatt sie, wie üblich, an den Absender zurückzuschicken. Jeder weiß, daß die Post stark von Mitgliedern unserer Organisation unterwandert ist, doch wer hat in diesem Fall die Fäden in der Hand? Und wer hätte einen Nutzen, falls unser Projekt fehlschlüge? Je länger ich die Mappen in meinem Archiv studiere, um so mehr verdichtet sich mein Verdacht, etwas Wesentliches übersehen zu haben. Es ist, als hätte das Projekt ein Eigenleben entwickelt und ginge nun seiner Wege, anstatt den Bahnen zu folgen, die der Plan vorgab. Als versuchte es in einem Akt des Hochmuts, sich seinem Schöpfer zu widersetzen. Oder als hielte jemand seine unsichtbare Hand über dem Spielbrett, um so die möglichen Antworten in einen undurchdringlichen Schatten zu hüllen.

Die einzige Frage, die nicht beantwortet werden kann, gilt dem Aufenthaltsort unseres überlebenden Aspiranten. Sie wird offenbleiben. Wir müssen seine Zukunft dem Schicksal überlassen und uns damit begnügen, die seltsame Freundschaft zwischen Sandemann und Erik Bäcklund im Gedächtnis zu bewahren. Über diese Freundschaft ist nie etwas gesagt worden, sie ist ein unbeschriebenes Blatt, und sofern die beiden jungen Herren nicht ihren eigenen Weg in die große Enzyklopädie gefunden haben, werde ich mich bemühen, es mit Inhalt zu füllen.

So bin ich am Ende doch noch dazu gekommen, die ganze Geschichte zu erzählen. Über mein Leben, das in diesen finsteren Korridoren im Sande verlief. Einmal habe ich versucht, von Vincent, seinen Ideen und seinem Anteil an dem Projekt zu berichten, aber keiner wollte mir zuhören. »Vincent«, sagte man, »benahm sich vorbildlich.« Um das Andenken an seine Person in Ehren zu halten, wird man ihm in einem der großen Archive eine Mappe verehren, was mir übertrieben scheint. Noch viel übertriebener aber ist, daß unsere Observatorin – die kompromittierende Miss Crowhurst – für die Studie, die aus ihrem privaten Projekt entstanden ist, in den Himmel gelobt wird: *»Destruction by distraction: how the diminutive systems reflect the structure of growing mental disturbances.«* Als Belohnung ernannte man sie zur ersten Archivarin des Archivs in Bône, und Miss Crowhursts guter Ruf hat sich in kürzester Zeit in ganz Europa verbreitet. Zumindest steht es so in den Berichten. Und andere Richtlinien haben wir nicht. Herr Friedrich gibt sich die größte Mühe, die Wirklichkeit außerhalb des Büros von mir abzuschirmen. »Dies hier«, sagt er streng und klopft auf den großen Archivschrank, »ist es, womit Sie sich beschäftigen sollen.« Er meint damit, daß unsere Arbeit am Bäcklundarchiv noch nicht vollendet ist und es noch immer Dinge gibt, die ich erledigen muß. Zu meinem sechzigsten Geburtstag habe ich mir einen weiteren Archivschrank gewünscht, darin hätte alles Platz, und mein Zimmer bekäme ein seriöses Gepräge. Wir haben bereits einen Schreibtisch und Bücherregale hineingestellt, doch es ist noch kein echtes Archiv, mit Mappen vom Boden bis unter die Decke, die nach den unergründlichen Prinzipien der Katalogisierung geordnet sind. »Bald«, sagt Herr Friedrich, »bald.«

Ich glaube mittlerweile, daß mein Büro und mein Zimmer in einem der richtigen Archive liegen, auch wenn die Akten irgendwo weit unter mir, vielleicht im Keller, aufbewahrt werden. Es gibt gar keine andere Möglichkeit. Die stets wiederkehrenden fünfzehn Minuten sind nur ein Trick von Herrn Friedrich. Er will mich verwirren. Das Archiv ist hier und für meinen Blick dennoch unerreichbar. Mit der Zeit versöhne ich mich bestimmt mit dem Gedanken, unmittelbar über einem Teil des gesammelten Weltwissens zu leben – über einem Buch, in dem alles geschrieben steht, ohne daß ich jemals auch nur das Leder seines Deckels berühren dürfte. Bis dahin sage ich mir, daß ich selbst ein Teil dieses Buches bin und daß die Arbeit, die ich leiste, ein Kapitel – wenn auch ein noch so kleines – dieser großen Enzyklopädie ist. Unter dem Buchstaben O wird man eines Tages die phantastische Geschichte der Operation B, die Geschichte von Vincent und Sandemann, von Sandemanns Korrespondenz und dem schauerlichen Schicksal der neun Aspiranten, lesen können. Vermutlich wird mein Name nicht erwähnt sein, ebensowenig wird man eine Antwort auf die Frage bekommen, warum die Menschen sich an ihr sinnloses Leben klammern. Im Grunde ist es unwichtig. Weder Namen, Bücher noch Menschen können ewig leben. Und wenn ich ein letztes innerstes Bekenntnis ablegen darf, muß ich zugeben, daß ich nie daran geglaubt habe. Ich denke, niemand von uns glaubt daran. Nicht im Grunde seines Herzens. Nicht vor sich selbst. Vincent wußte das wahrscheinlich. Er kannte die Antwort auf die Frage. Wer sie nicht kannte, war ich. Nur meinetwegen fragte er weiter; er tat es für mich.

»Die Vorschriften«, pflegt Herr Friedrich neuerdings zu sagen und dabei auf das Gitter vor meinem Fenster zu zeigen, »sind streng, aber gerecht.« Er sieht mich dabei unnachsichtig an, klopft auf seine vergoldete Armbanduhr und fragt mich, ob ich nicht wisse, daß eine Arbeit nichts wert sei, solange man sie nicht abgeschlossen habe. Richtig abgeschlossen. Wohl wissend, daß die Zeit verrinnt, fahre ich also fort, meine Geschichte zu vervollständigen, Mappen und Akten zu sortieren und über die beiden leeren Blätter nachzudenken, die zwei Seiten aus dem Vorgang der Operation B, die noch unbeschrieben sind. Doch wenn Herr Friedrich, der inzwischen ein Mann in den besten Jahren ist, eine stattliche Erscheinung mit freundlichen Gesichtszügen, aber grimmigen Augen und der Neigung zu Korpulenz, wenn er endlich alle Türen verriegelt und sämtliche Lampen gelöscht hat und sich in die mir nicht zugänglichen Räume des Hauses begibt, dann stehe ich heimlich aus meinem schmalen Eisenbett auf und reiße das Fenster sperrangelweit auf.

Der Herbst ist in Lissabon wunderschön. Ein Geruch nach Erde und Nebel, der vom Meer kommt, dringt in meine Kammer, zwischen die lavendelduftenden Laken und den matten Firnis des Tisches. In Gedanken stelle ich mir vor, wie die Nebel bis in den Keller vordringen, in das Archiv, und langsam beginnen, die tadellos sortierten Pappordner anzugreifen; wie die Feuchtigkeit sich auf die Seiten legt, nach einer klammen und kalten Umarmung; wie sich der erste kleine Feuchtigkeitsfleck plötzlich zwischen Akte 23 und 24 im Ordner über die Weltumsegelungen abzeichnet.

Meine Phantasien mögen undankbar sein, doch ich halte an ihnen fest, pflege sie mit besonderer Fürsorge und forme sie, so gut es geht. In den letzten Wochen hatte ich verstärkt das Gefühl, mich dem Ende meiner Geschichte zu nähern. Denn von Montag bis Sonnabend, jeden Abend um neun Uhr, sitzen seit einiger Zeit zwei junge Männer beisammen und spielen ein Spiel. Sie sitzen auf Kisten mit einem Schachbrett zwischen sich. Hinter ihnen fließt der Fluß. Ich weiß nicht, wann sie mir zum erstenmal aufgefallen sind, vielleicht vor einem Monat, vielleicht liegt es auch schon länger zurück. Jeden Abend, Tag für Tag, Woche für Woche, sitzen sie da und spielen Schach; nie länger als eine Stunde, nie weniger als 15 Minuten. Das Merkwürdige an ihrem Spiel ist, daß keiner von ihnen je gewinnt oder verliert. Sie spielen Tag für Tag, Woche für Woche ein immer gleiches harmloses Remis, eine Partie, die immer unentschieden endet. Ich sehe ihnen aus der Ferne, versteckt hinter meinen Gardinen, zu und warte, daß etwas passiert: auf einen Hut, der fortgeweht wird, ein Buch, das aus einer Tasche fällt, eine Spielfigur, die unversehens ihre Position ändert. Nichts von alldem geschieht. Ich warte weiter, mit dem Stift in der Hand und den zwei weißen Blättern vor mir, als fehlte nur ein einziges, scheinbar unbedeutendes Detail, um die Geschichte zu vollenden. Die Männer erheben sich, geben sich die Hand und gehen ihrer Wege. Niemals verlassen sie den Platz zusammen. Jeder geht für sich, still und vergnügt in seine Richtung. Ich denke, daß irgendwann einer von den beiden gewinnen muß. Oder verlieren. Als gelte die Entscheidung zwischen ihnen auch mir. Zwei weiße Bogen Papier mögen gleichviel wiegen, aber niemals zwei Menschen. Irgend etwas ist unnatürlich. Die Gravitation muß früher oder später einen von ihnen aus dem Gleichgewicht bringen. Das Gewicht einer Feder, eines Haares oder die Spitze eines Bleistifts würde ausreichen, um den Ablauf ihres Spiels zu stören. Um die Geschichte zu Ende zu bringen. Doch nichts passiert. Abend für Abend sitzen sie und spielen, so pünktlich, wie das Uhrwerk in Herrn Friedrichs Armbanduhr, so müßig wie der Fluß hinter ihnen und so unbeweglich wie zwei leere Waagschalen.

BIRGIT VANDERBEKE

## ALBERTA EMPFÄNGT EINEN LIEBHABER

»Ich fand, er hätte wissen müssen, wie Küssen geht, weil er demnächst seinen Führerschein machte.«

Birgit Vanderbekes neues Buch erzählt eine Liebesgeschichte. Es ist eine alte Geschichte. Ihr Anfang liegt Mitte der siebziger Jahre, als Alberta und Nadan sich bei einem Wochenendausflug kennenlernen. Make love, not war, heißt eine Parole der Zeit, und so küßt man sich »für den Frieden«, »für den Vietcong«. Bis einem bange wird vor Liebe. Als Alberta und Nadan sich in den achtziger Jahren das zweite Mal ineinander verlieben, brennen sie zusammen durch. Sie wollen nach Paris, kommen aber nicht ans Ziel. Auch die Liebe geht unterwegs verloren, weil »Männer und Frauen Verschiedenes sehen und hören und erleben«. Bei ihrer dritten Begegnung sind die Verhältnisse klar. Diesmal nämlich empfängt Alberta nur einen Liebhaber. Denn »Liebe im Kopf ist leichter als Liebe im Leben«, und die Welt von Frauen und Männern ist, scheint es, nicht dieselbe.

*Das Literarische Quartett:*
»Grandios geschrieben und hocherotisch. Ich hoffe, viele Leser werden dieses kleine Buch lesen.«
*Marcel Reich-Ranicki*

»Vanderbeke ist eine unglaublich anmutige Erzählerin, sie hat Grazie.«
*Sigrid Löffler*

»Das Buch hat eine angenehme Leichtigkeit, die die Schwermut des Themas sehr schön aufhebt.«
*Hellmuth Karasek*

120 Seiten, Gebunden, ISBN 3-8286-0019-0

GEORG KLEIN

## LIBIDISSI

ROMAN

Ein Agent erwartet seinen Nachfolger. Er ist gewarnt worden. Zu lange schon hat er seine geheimdienstlichen Pflichten vernachlässigt. Und wirklich: Die Tage verdöst er in Freddys Dampfbad, und abends sieht er in trauter Zweisamkeit mit Lieschen fern. Die Jagd durch die von religiösen Gewalttätern beherrschte orientalische Stadt beginnt …

Georg Kleins ›Libidissi‹ ist ein Agentenroman mit allem, was dazugehört: mit zahlreichen Abstechern in den Untergrund der Nachrichtendienste und zwielichtigen Milieus, mit einer labyrinthischen Verfolgungsjagd, nicht zuletzt mit großer Spannung – und ist doch auch ein Werk der Literatur, doppelbödig, bildmächtig und voll versteckter Anspielungen.

»Wenn Adalbert Stifter und John Le Carré zusammen einen Agentenroman geschrieben hätten, dann sähe er vielleicht so aus: literarisch aufmerksam, beunruhigend zeitgenössisch und sehr spannend.«
*Burkhard Spinnen*

200 Seiten, Gebunden, ISBN 3-8286-0072-7

Die Originalausgabe erschien 1997
unter dem Titel ›Operation B‹
im Albert Bonniers Förlag AB, Stockholm




Umschlaggestaltung: Ott + Stein, Berlin
Umschlagreproduktion: CitySatz & Nagel, Berlin
Buchgestaltung: sans serif, Lisa Neuhalfen, Berlin
Druck und Bindung: Clausen & Bosse, Leck
Printed in Germany 1998
ISBN 3-8286-0050-6